阿刀田高

JN244811

老いてこそユーモア

GS
幻冬舎新書
531

老いてこそユーモア／目次

第六章 言葉の知恵 245

プロローグ

三本も傘を忘れて

男は女に尋ねる。

「カナダでは、なにをしていらっしゃいましたか」

「カナダで？　私たち、あちらでは、みんな農場を持っておりました」

「どこですか、カナダの」

「田舎に。町の郊外の」

「どこの町かな？」

「どこの町って……。カナダでは固有名詞にあまり関心を持ちませんの。国は大きいけれど、みんな隣同士なんです。私たちの近くの湖も、ただ湖。町だって、ただ町って呼んでます。カナダを横切って流れる大きな河のことを、あなたはお聞きになるでしょうが、あれもただ河、だれも名前なんか申しません」

「郵便局の仕事は大変でしょうね」

男は女がはぐらかしていることを、うすうす気がついているが、強くは咎《とが》めない。こうして話し合ううちに二人の間に親しい気配が漂う。

そして男が去ってから十五分後、女が一人でいる部屋に男が静かに入って来る。

今度は女が男に尋ねる。

「なにかお忘れ物ですか？」

「忘れたみたいでしょう、なにかを、わざと。まるでもう一度来るために傘を忘れておく人みたいに」

「外は雪ですわ。雪の日に傘では……」

「革命が起きました。私の未来が急変しました。悪く思わないでください。あなたにもう一度お会いするために私はわざとここに忘れて行ったのです。私の勇気と、自信と、希望とを」

「三本も傘をお忘れになるなんて……どうかしてますわ」

……………

わかりにくいかもしれないが、これはフランスの劇作家ジャン・ジロドゥ（一八八二〜一九四四）の戯曲〈ジークフリート〉の一節である。男はフランス人だが、突然、過去の記憶を失い、今はドイツの長官になっている。フランスとドイツが戦っているというのに……。そして女は、その失われた記憶のころの恋人なのだ。さりげなく男の記憶を取り戻させようとしてカナダ人のフランス語教師に扮して……と、ストーリーは省略するが、二人の会話の中にそこはかとなく漂うユーモアを心に留めておいていただきたい。

そば屋に動物が三匹

お話変わって、日本の街中。幼い子どもが父親と一緒にそば屋に入り、しばらく壁の品書きを見つめていたが、

「お父さん、おそば屋さんには動物が三匹いるんだね」

「そうかな」

「うん。きつね、たぬき」

「それから？」

と見つめると、

「大ざる」

板製の舌代《しただい》の脇に、墨書で白い紙に確かに〝大ざる　八百円〟と、したためてあった。子どもはユーモアを駆使したわけではない。ただ平仮名を読んで、発見しただけだ。だけど、おかしい。たくまざるユーモア、これを忘れてはなるまい。

人生に三つの坂

ついでに、もう一つ。これは確か総理大臣であったころの小泉純一郎さんの言葉だったと思う。昔からあるジョークなのだろうか。

〝人生には三つの〝さか〟がある。上り坂、下り坂、そして、まさか〟

一種の言葉遊びであり、しゃれに属するものだが、微妙におもしろい、ほどがよい。しゃれは使い方により親父ギャグなどと呼ばれて馬鹿にされることもあるが、これもユーモアと縁が深い。

とりあえず三つの例を挙げてみたが、これがプロローグ、軽くて、知的で、少し笑えるユーモアを感じていただけただろうか。

正直なところユーモアについて語るのはとてもむつかしい。複雑な人間心理の微妙な部分に微妙に絡んでいるからだ。語れば語るほど理屈っぽくなる。つまらなくなる。ユーモアの軽妙さから遠くなる。ユーモアを語ってユーモアから遠くなってしまっては本末転倒のそしりを免れまい。まずはムードを漂わせ、寛《くつろ》いでいただいたところで、次は……。

機嫌よく生きるために

ぜひとも申し述べたいのは、
――ユーモアは人生を豊かにしてくれますよ――
と先走った結論である。
ユーモアは笑いを生み、笑えば門《かど》に幸福がやってくる。
ユーモアは複雑な人生を、混乱するものごとを、多角的に見ることを示唆してくれる。
ユーモアは心の防衛となって、あなたを寛がせてくれる。健康にもよい。
本当によいことが多い、とりわけ年長者には必要で、役立ってくれる。

本当に？

本当です。私は八十余年を生きて、つくづくそう思う。

どうして？

どのように？

そこは、それ、くわしく語ると理屈っぽくなってしまうから、まず初めに信じてほしい。信じれば少しずつ見えてくるものがある。

楽しく語ろうと思う。

第一章　ユーモアって何だろう

一升びんの哲学

ここに一升びんがある。

若い人にはなじみが薄いかもしれないが、知らないことはあるまい。年配者ならよく知っている。酒びんである。〝お前来るかと　一升買って待ってたよ　あまり来ないので　コラヤコラ　飲んで待ってたよ〟とおこさ節で歌われるように、中の酒は善いものであった。

それが今、半分だけになっている。それを見て、

「あ、もう、半分しかない」

と思うか、

「まだ半分残っている」

あなたはどちらだろうか。

もちろん、そのときの状況によって異なるだろうが、このセレクション、出題されたらぜひとも後者を……。「半分残っている」と希望を持つほうを呟いていただきたい。

ポジティブ（積極的）思考とネガティブ（否定的）思考なら、明るいほうがいい。

若いころは、いろいろややこしいことがあっただろう。ノン、ノン、若かろうと、年を取っていようと基本的には同じことのような気もするが、とりわけ年配者なら、もう残されている人生、そう長いことじゃない。だらだらと、ややこしい思考は避けて明るく、楽しく生きようじゃありませんか。今日からでも遅くない。努めて……ちょっとしたことでも、

——まあ、いいか。気にかけない。明るくいこう——

と心がけてみませんか。

眼の前に二つの道があるとき、どちらかを選ばねばならないときはもちろんのこと、いつでも、どこででも、とにかく明るいほう、楽しいほう、笑えるほうを選んでみよう。そう心がけてみよう。これが一升びんからの提案だ。

どちらを選んでも状況に変わりはない。酒の量はどのみち半分だけ。それをどう思うか、そこが問題だ。それが一升びんの哲学だ。

いつも実行できるとは限らないが、私はおおむねこれを信条としている。

夢か、うつつか、どちらかな

早くも寄り道をして……中島敦（一九〇九〜四二）の作品に〈幸福〉という短編小説がある。南の島に一人の貧乏人が住人でいた。長老の下僕として仕事は３Ｋ（きつい、汚い、給金が低い）そのもの、毎日が最低最悪の生活だ。病気にも罹《かか》るし、大けがもする。それでも彼は、

——もっとひどいことよりいい——

と堪えていた。

ところが彼が神に祈ると、自分が夢の中ですべてに恵まれる長老に変わっている。最高の生活を享受している。目覚めれば、もとの黙阿弥だ。が、次の日、またその次の日、眠ればきっと恵まれた長老になって楽しい。

一方、島の長老は普段こそこの上ない豊かな、恵まれた生活を営んでいるが、眠りにつくと、これがひどい。最低の苦しい生活に変わる。これが毎夜続く。夢の中で下僕にこき使われ、

——勘弁ならん——

目覚めて下僕を呼びつけて叱ると、なぜか下僕の様子が明るい。尋ねれば夜ごとの夢がすばらしいらしい。ストーリーの行方はすでにおわかりだろう。話し合ううちに夢と現実との不思議な入れちがいがつまびらかになる。そして著者は言う。

〝右は、今は世に無きオルワンガル島の昔話である。オルワンガル島は、今から八十年ばかり前の或日、突然、住民諸共海底に陥没して了つた。爾來、この様な仕合せな夢を見る男はパラオ中にゐないといふことである〟

中島敦は最晩年にパラオに滞在したから、本当にこんな話を聞いたかもしれないし、まるごとフィクションかもしれない。このストーリーは現実感充分に綴られていて巧みだが、ここで留意したいのは文学論ではなく、

——余生はこれでいこう——

である。あなたの人生がそれなりに恵まれているなら、それを軽やかに享受すればよいし、厭なことは夢として捨てればよい。忘れ去るように努めよう。

「そう簡単にいくかな」

と叱られそうだが、考え方一つで変わることもある。すなわち一升びんの哲学に。いくつか続ければ明日が変わる。さらに続ければ未来が変わる。

そのためにはユーモアを持とう。ユーモアを培おう、ユーモアは多角的にちがった考えを持つことだ。そして、うまくいったら少し笑ってみよう。

〝ユーモアあり〟は丸印

結婚披露宴のスピーチで、

「花嫁の優子さんは、とてもユーモアのある方で、私たちはユーモアのユーちゃんと呼んでおります」

とあれば、これは褒め言葉である。

あるいは人物の評価や紹介のデータで、対象となる人物について〝ユーモアあり〟と一行が記されていれば、これもプラス要因と考えてよい。

さらにまた、

「お向かいの奥さん、ユーモア、あるね」

これは近所の評判としてわるくない。

つまり私たちの日常において〝ユーモアあり〟は、ほとんどの場合、よい評価なのである。

なぜだろう？

「そりゃ笑いを生むからだろ」

「明るいしね」

確かに……。笑いは、これも本当は相当に複雑な営みだが、「あははは」と、とりあえず笑えればこれはうれしい。周囲を明るくするし、当人もよい気分に浸れる。〝笑う門《かど》には福来たる〟と言い、〝一生笑って暮らせれば、それに越したことはない〟とも言う。笑いのある環境はよい環境だ。とりわけ年齢を重ね、残り少ない人生なら努力をしても笑って過ごすほうがよい。

笑いについては後にもう少しくわしく考えるとして、ユーモアと笑いの関係は……厄介なことに、この二つは〝まったく〟と言ってよいほど異なるところがある。ほんの少しだけ考察してみよう。

まず笑いは、人間の表情であり、動作であり外に表出したものである。ときには外に現れない笑いもあって、ある雑誌の編集者がこう言っていた。

「このあいだ電車に乗っていたら前の席に坐った女性がうちの今月号を読んでいるんだよ、偶然」

「珍しいね」

「うん。このごろは珍しい。みんなスマホいじってるから。ちょうど東海林さんのエッセイのとこで、これ、目茶苦茶おかしいんだ」

「東海林さん、漫画じゃなく、文章でおもしろいとこ、あるんだよな」

「そう。メッチャおかしい。その女性も楽しそうに読んでて、絶対、次のページで笑うって、俺、確信したんだけど……熱心に読んでいるけど、笑わない」

「うん？」

「俺、考えたんだけど……彼女、オフィスに着いたら〝今日、ものすごくおかしいの読んじゃった〟って、まわりの人に言うと思うんだ、笑いながら」

「なるほど」

「電車の中じゃ笑わないんだ。心は笑っていても」

「レディは公衆の面前で一人笑いなんかしないんだ」

「そう」

興味深い指摘だ。

考えてみると、笑いはほとんどの場合、周囲を意識している。一人笑いもあるけれど、多くは、

――私、おかしいのよ――

と主張したり、

――さ、みんなで愉快になりましょ――

こんな気配を帯びている。笑いが好まれるのは、一つにこのプラス方向の協調性があるから……。みんなで笑えば、これは楽しい。わるくない。一人笑いは自分に対するデモンストレーションかもしれない。

ユーモアの語源は体液

一方、ユーモアは、それ自体、外に現れるものではない。脳みその、ある傾向とでも言えばよいのではあるまいか。

ユーモアの語源は、古代ギリシャの生理学で人間の体内を流れる体液「フモール」である。その体液は血液、粘液、胆汁、黒胆汁の四つで、この四つの配合ぐあいにより人の性質が決定される、と考えられていた。だからユーモアは本来、人間の気質のことであったが、次第に意味が変化して、ことさらに〝おかしさ〟を感じたり、それを表現したいと思う傾向を指すようになった。

そして、このユーモア気質を具体的に外に現すのは……、ほとんどの場合、言葉である。この本のプロローグに挙げた例で言えば、相手のはぐらかしを、さりげなく咎《とが》めて「郵便局の仕事は大変でしょうね」と言ったり、また逆に相手の生まじめな様子にちょっと茶々を入れて「三本も傘をお忘れになるなんて」と首を傾《かし》げたり、うまい言葉で表現するわけだ。しゃれた表現とちょっとした笑い、これがユーモアの特徴だ。日常の中にときどき現れる。

たとえばプロ野球のことが話題になり、

「君、今年のタイガース、ひどいじゃないか。負けてばかりいて」

「そうですねぇ」

タイガース・ファンは肩身が狭い。

「もうやめたら。あい変わらず応援しているんだろ、駄目トラを」

「いいんです」

「どうして」

「愛しているけど、信じていませんから」

これは男女のあいだでも使える言葉かもしれない。「俺、彼女のこと愛しているけど、
信じてはいないんだ」。つらい状況ですね。

「あははは」

が、それはともかく、ここには〝ユーモア↓うまい言葉↓笑い〟という構造が見える。

ユーモアを抱いてプロ野球を見ていると、うまい言葉が出てくる。すると、そこに笑い
が、小さな笑いが生まれる。ものごとをあまり深刻に考えず、しかし平凡から少し踏み

込んで眺めて、表現して、笑う、というパターンである。これがユーモアの典型だ。先にも述べたが、ユーモアが生む笑いは、おおむね軽い。馬鹿笑いはむしろユーモアとは縁遠い。

笑いのパターンは三つある

笑いについて少し触れておけば……ゆっくり考えると、これは相当に複雑なテーマなのだが、三つのパターンがあるらしい。すなわち生理的な笑い、親しみの笑い、そしておかしさの笑い、である。

生理的な笑いは心地がよいから笑うのだ。赤ちゃんの笑いがこれだろう。心身が快いのである。猿も笑う、という説もあるが、人間以外の動物に笑いがあるとすれば、これだろう。

親しみの笑いは、言ってみれば〝敵意はありませんよ。仲良くしましょう〟を示す笑い。本心かどうかはともかく、笑って好意を示すわけだ。ユーモアとは関わりが薄い。あいそ笑いなんてものもある。

そして、おかしさの笑い、これは文字通りおもしろおかしいから笑うのである。ごくごく一般的な笑いである。ことさらにおかしさを創るケースもあるが（職業的なケースもある）それとはべつにそれぞれの知性から滲み出るようなケース（笑いは小さくとも）これこそがユーモアの発露であり私たちが日常において培いたいものなのだ。私がお勧めしたいしろものだ。これはものごとを多角的に眺めるところから生まれ、少し大げさに言えば人生体験をふまえ、心のゆとりとも関わりがあるだろう。

夫婦円満なら余生はもっと楽しい

昭和三十年代、〈四十八歳の抵抗〉という一冊がベストセラーになった。石川達三の小説、映画にもなった。確か家族持ちのサラリーマンが「これが人生最後の恋」とばかりに女性を求めるストーリーだった。

それが四十八歳……。

今なら五十八歳……。もしかしたら六十八歳くらいが適当ではないのかな。

つまり、それだけ寿命が延びたわけだ。余生が長くなったのだ。サラリーマンなら定年などで職を退く。夫婦ともども子育てを終え、仕事という仕事も少なくなって、さあ、どうしよう。夫と妻と二人きりの生活になって……。これはなにより夫婦円満がよろしい。

円満にはなれない深刻な情況もあるけれど、ほどほどの仲なら……月にたとえて半月くらいなら少しでも満月に近づけて、のどかに、楽しく過ごしたいものだ。笑いのある二人であってほしいし、そこにはきっとユーモアが必要となる。

とりあえず朝起きて顔を合わせたら、

「おはよう」

「いいお天気ね」

と言い合おう。そして微笑《ほほえ》もう。これは親しみの笑いかな。とにかく朝一番、なごやかな雰囲気を作って……親しさを求めてみることだ。

そして昼日中、夜に入っても、

「ありがとう」

「ご苦労さま」

ちょっとしたことでも相手をねぎらおう。

心の中で、

――べつに、そんなにありがたくないが――

と感じたり、

――これくらい、わざわざお礼を言うほどのことしてないのよ――

と思ったり、それが多いかもしれないが、けちけちすることはない。そして時折、ユーモアを、ユーモアから発する言葉を飛ばす。

「風が強いな」

「そうね」

「吹こう、吹こうって不幸が飛んでいく」

「うち、不幸なんて、ある？」

「いや、飛んじゃったから、見えん。今日はないみたいだ」

くらいでよいのである。

私の知人に〝ヒカちゃん〟と〝モンクさま〟と呼び合っている夫婦がいる。五十代ですね、二人とも。〝ヒカちゃん〟は〝非科学的〟から来ている。夫から見て電気製品やら食品成分やら奥さんに非科学的なところが多いのだろう。ときには自然科学だけではなく、社会科学一般、非合理な言動があったりして……私が二人を知ったのは五十代になってからだが、きっともっと若いころにこの呼び名はついたにちがいない。奥さんは笑いながら聞いている。

そして妻からご夫君を見て、〝モンクさま〟は文句が多いからだろう。モンクは英語なら〝僧侶〟の意味があり、彼女は呟きながら掌を片方だけ上げて祈る仕草を示したりする。夫の文句が軽くいなされ、喧嘩にはならない。特に笑いが生まれるわけではないが、ここには軽いユーモアが漂って、わるくない。

夕食のテーブルでは、

「少し飲もうかな、水割」

「少しだけよ」

「うん。スコッチだけ」

「スコッチなんかないわよ」

「いや、だるま」

「おふとりさんに、サンふトリね」

と、なごやかである。

そう言えば新幹線の中で言い争っている夫婦を見た。四十代かな。どちらがわるいのか、待ち合わせ場所をまちがえて、うまく会えず予定の列車に乗れなかったらしい。少し争っていたが、

「えーと、今日は七日か」

「そうよ」

と話を変え、

「ごめん、俺がわるかった」

夫が頭を下げ、丁寧に謝った。それだけの出来事だったが、翌日また熱海駅でこの夫婦を見て……ブツブツ文句を言い合っている。

――よく喧嘩する夫婦だな――

伊豆あたりに小旅行に出かけた帰りなのだろう、さほど仲がわるいようには見えない

のだが……。

喧嘩の理由はわからなかったが、

「今日は……八日か」

「そうだよ」

「じゃあ」

と妻のほうが大げさに謝った。

――なるほど――

この夫婦、奇数日には夫が謝り、偶数日には妻が謝り……とてもいいことだ。夫婦のあいだなんて、もちろん深刻な諍《いさか》いもあるけれど、ちょっとしたトラブルもよくある。一方が謝ればそれですむことも多い。そこで、この約束は役立つが、それ以上に、こんな約束が結べること自体がよい仲の印だろう。これは私がチラリと見て〈勝子〉という短編小説に仕上げた。本当にこの夫婦のあいだにこんなユニークな約束があったかどうか、五十パーセントの可能性、五十パーセントは私の想像である。〈勝子〉には勝ち気な奥さんが登場する。夫のユーモラスな努力を描いた。

ユーモアと笑いのちがい

笑いはすばらしいけれど、私は皆さんに、

「落語家になったら、いいですよ」

とか、

「コメディアンなんか、向いてるかもしれませんよ」

なんて勧めるわけではない。それはまたべつな人生問題だ。

仕事とはちがうが、学生たちのあいだで、〝受け狙い〟というキャラクターがいて、ことさらにみんなを笑わせたり楽しませたり、意図的に笑いを創るケースがある。職場にもあるし、セールスなどという業種にはこういう能力が必要かもしれない。

が、ここで訴えたいのは、普通の人生行路である。サラリーマンであれ、それを退いた人であれ、主婦であれ、寡婦であれ、男女を問わず孤独に生きる人であれ、ほとんどすべての人に対して、少しはよく生きようとする人に対して、できれば明るく生きたい人に対して、

「ユーモアは、いいですよ」

と私は言いたいのである。

ちょっとユニークな方向へ思案を広げてみよう。ユーモアが喜ばれるのは笑いを誘うから、と、その効果は否定しないし顕著でさえあるけれど、本当に尊いのはそれとはべつに多角的にものを眺めるゆとりのようなものが人生に必要だから……。これが私の主張である。

笑いについても実は楽しい笑いばかりではなく、冷笑、苦笑、嬌笑《きょうしょう》、憫笑《びんしょう》、泣き笑いなどなど愉快ではない笑いもあって、ユーモアの複雑さと共通するところも多い。だが、あえて明言すれば、表情をともなう笑いに比べて人間の心の微妙さと関わるユーモアはもっと多様で、もっと広い。教養や人生経験を反映して、それゆえに若者より年配者にこそつきづきしい。行動的であるより、ためらいに臨みながら言葉で少しく参加しよう、という現れかたなのだ。それは配慮であり、矜持《きょうじ》であり、ヒューマニズムそのものなのだ。が、それほど堅いものではなく、軽く、さりげない。

〝傍目《おかめ》八目《はちもく》〟という言葉がある。囲碁の言葉だが一般にもよく用いられている。傍目は

〝かたわらから見ていること〟であり、そのほうが勝負をしている人より八目先を見通すことができる、という意味であり、当事者より傍観者のほうが真相を見抜くの謂《いい》である。

――本当だろうか――

いちがいには言えない。だれよりも当事者は真剣であり、この人が一番正しい判断をしそうな気がするが、傍観者の、こだわりのない判断がよい場合もあるのだ。若いうちは当事者として全エネルギーを注ぎ込むのがよい。それが一番ふさわしい道だ。しかし年を取るにつれ〝そうばかりは言えない〟と、べつな見方に利点を求めることができるようになる。ユーモアはこんなときに生まれて、うまい言葉を呟く。

金利を二倍にするには

たとえば四十代の兄弟が話していた。

「こう金利が安くちゃどうもならんなあ」

「やっぱり株をやろう」

「株は危ないよ。いつショックがあるかわからない。ワン・ルーム・マンションを買って貸すかな」

「それ、もう古いよ。結構、運営がむつかしいらしいぞ」

「も少し銀行なんかの金利が高くなるといいんだけど」

「昔は、年に五分もついたときあったのにな」

「金利の高い投資ないかな」

侃々諤々《かんかんがくがく》、話がうるさくなるところへ七十歳の父親が口を挟んで、

「金利を倍にしたかったら……」

と、うれしそうだ。

「うん？」

「どうするの」

息子たちが身を乗り出すと、

「元金を倍にすればいい」

と笑う。一瞬「なーんだ」という気配が流れるが、父は微笑んだまま。兄が笑い、弟

も笑った。

「まったく」

「そうだね」

金利を二倍にしたければ、これが正道である。金融コンサルタントとはべつな見方にはちがいないが、これは正しい。りっぱなリアリズムである。ここにかすかなユーモアがあることを認めていただけるだろうか。見方を変えれば、心の救済が生ずる、これもユーモアの価値である。

山を見て笑おう

話は大きく飛躍するが、文豪・志賀直哉の代表作に〈暗夜行路〉がある。主人公は親族のもたらすトラブルで二進《にっち》も三進《さっち》も行かない。名作をあまり簡略化して言うのは申しわけないけれど、この作品のモチーフは（私はそう見るのだが）主人公が伯耆《ほうき》大山《だいせん》に赴き、真実美しい黎明を見て悩みから脱する、そこにある。

「朝日を見たくらいで長年の悩みが解決するかよ」

という意見もあるだろう。ごもっともだが、そこがそれ人間の心理の微妙さだ。この世の悩みなんて煎じ詰めればちっぽけなもの、大自然の美しさに触れて、

——気にしない、気にしない——

心を大きくして脱却することも不可能ではない。〈暗夜行路〉はつらい、苦しい悩みを提示し、それが朝の光で解消する、それを描いて読者を納得させるから名作なのだ。

すでにおわかりだろう。これがユーモアと通じているのだ。簡単には解決しないことをべつな視点で軽減してしまう。根本からの解決にはならないが心の安らぎになったり、救済になったり、逃避になったりする。そんなべつな視点を示しうるのも人生経験の賜物だろう。ユーモアは笑いと結びつくことによって尊いのではなく、むしろこうしたべつな見方と関わりが深いからすばらしいのだ。テレビなどでよく映される漫才師などのときにどぎつい、わざとらしい笑いは、笑うことによって心を明るくする価値があるだろうが、ユーモアの持つ微妙なおもしろさとは相当に異なるようだ。

トラブルに悩むときは、年配者としては（年配者でなくともいいけれど、年輪の役割として）

「旅に出たら？　きれいな山の景色でも見て来なさないよ。すっきりするから」

と微笑んでやるのがよろしい。うまい言葉を告げてやるのがいい。

「〝山笑う〟って季語がある。山だって笑うんだ。冬が終わって春が来て、緑は宿るし花は咲くし風もふいて空も明るい。山でも見ていっしょに笑って来いよ」

なんて、悩みの軽減に役立つだろう。

戦が足りていない

もう一つ、西郷隆盛のエピソード。江戸攻めのときものすごい戦闘が続いて敵方から和睦を求められたけれど、本心かどうかわからない。薩長のほうも主戦派が多く、停戦なんてとんでもない。しかし身方の損害もひどいし……。幹部が対策を協議しているとき西郷さんはそばでグウグウ眠っていた。

「西郷さん、居眠りしている場合じゃないでしょ。あんたの考えはどうなの？」

西郷さんは眼を開いて、ひとこと、

「戦《いくさ》ば足り申さん」

戦争がまだ足りていない、ということだ。戦争なんてもの、充分に戦って双方が損害を大きくし、いよいよ厭になってからじゃなければ停戦だの、和睦だの、妥協を企てても駄目だということらしい。このエピソード、事実かどうか、この手の英雄譚《たん》には嘘も多いから本当に西郷さんが呟いたかどうかは怪しいが、いかにも西郷さんらしく、鹿児島弁ももっともらしく、そして中身がおもしろい。悲しいことだが、戦争にはそういう側面がある。みんなが懲《こ》りるまでやらなければ、やめる相談なんかむつかしい。身近な争いも同様で、私はある遺産相談をはたから見る機会があり、関係者一同みんなが勝手な主張をして、何度話し合いをやっても結着がつかず、それまでそこそこに親しかった人たちが次第に口汚くなり争いが生じ、なかなかまとまらない。しみじみと、

――戦ば足り申さん――

と思った。そのあげく、当たり前の相談にようやく入っていく。

争いをそんな視点から見て苦笑するのもユーモアである。漫才を見て大笑いするのとはまったく異なっているが、ユーモアのある人がよしとされるのは、むしろこの力ではあるまいか。

言葉を豊かにしよう

ユーモアは心の中に、あるいは脳みその中に潜んでいて、ほとんどの場合、言葉によって外に現れてくる。だから言葉が豊かでないと、よいユーモリストにはなれない。年配者は若者よりこの点において優れている。長所は長所としてさらに伸ばすほうが生きやすい。それに言葉の豊かさは、それ自体、生きる喜びとなる。言葉が豊かでなければ思案が豊かであるはずがない。

日常の会話の中に探ってみれば、

「世間にさァ、よく傷つきやすい人っているじゃない」

「いる、いる」

「庶務係の山田さん、見るからに傷つきやすいタイプよ」

「ノイローゼで……」

「休職するらしいわよ」

「田中課長がちくちくいじめるからよ」

「そうなのよね。田中課長は、ほら、とびきり傷つけやすい人だから」

「うふふ、確かに。傷つけやすい人もいるよね、よく」

傷つきやすい人はよく聞くけど、まことにまことに、傷つけやすい人も実在していて
……なんとなくこの言葉はおかしい。逆に見るユーモアから発して、いろいろなところで利用できそうだ。

次は六十代とおぼしき男性二人。

「PTAからの提案は粛々《しゆくしゆく》と対処していくよ、いつも」

学校の先生なのだろう。

「それが一番いい。粛々がいいんだ」

と薄く笑っている。

「なにか？」

と疑いを挟めば、

「政治家も好きだよな、粛々が」

「答弁なんかでよく使っているよな」

「ああ」

と答えてから急に唸りだして、

「鞭声《べんせい》粛々、夜、河をォ渡るゥ」

と、どうやら詩吟のつもりらしい。

「なんだ、それ」

「川中島の合戦よ」

「うん」

「鞭声は馬に鞭《むち》を打つ音だ。夜中にそっと軍勢を動かして河を渡り敵に夜襲をかける」

「うん？」

「敵に気取られちゃいけない。だから鞭の音は粛々と……。粛々ってのは行動を起こしているけど音は聞こえないんだ」

「なるほど」

「だからサ、〝粛々とやっている〟は、なにもやらなくても周囲はだれも気づかないんだ」

「いいよな。政治家や役人に向いてる」
「あはは、俺たちも粛々と行こう」
皮肉混じりのユーモアだ。

最後は「ワン」と鳴いて

話はさらに飛躍して向田邦子さん、飛行機事故で没して、はや、三十数年がたつけれど、あい変わらず人気が高い。短編小説の一つ〈鮒〉がおもしろい。主人公は四十二歳。妻と娘と息子、ごく平均的な家族生活だ。ただし主人公には外に親しい女性がいて、時々そのアパートに通い、一年ほど前に別れたところだった。ある日、台所の土間にバケツが置かれ、中に鮒が一匹入っている。その鮒は女性のアパートに飼われていた〝鮒吉〟にちがいなく、なにも知らない息子が飼うことになる。主人公にしてみれば、女性との秘密のひとときを訴えられるようで薄気味が悪かった。

——何のつもりだろう——

妻は気づかないが、主人公は

――あの女、無事なのかな――

散歩を装い、息子を連れてなじみのアパートを探りに行く。が、もう引っ越しをしてしまったらしい。女は〝ほんの少しの恨みと「あと飼ってやってくださいね」という気持で〟そっと届けたのだろうか。家に帰ると鮒は死んでいた。妻は夫の行動に少し疑いを持ったが、夫と散歩に同行した息子に（少し引用して示せば）

〝「ねえ、パパとどこへ行ったの」〟

守（息子の名）は、もう一度そっと鮒を突ついて水の中に沈めてやると、

「ワン！」

犬の吠えるまねをした〟

ここでジ・エンド。この「ワン！」が抜群に効いている。息子は父についてなにか怪しいと感じている。男同士の秘密は守りたいし母にもそれなりの返事をしたい。普通とはちがった返答……。向田邦子のセンスのすごさ、これもユーモアの極意だろう。

因みに言えば、狂言に〝くしゃみどめ〟（〝くさめどめ〟とも言う）という技法があってこれはストーリーがややこしくなり、

——どうなるのかな——

と観客が案ずるなか演者が「ハックション」と大きなくしゃみをして、それで終わりとなる。笑いのテクニックとしては秀逸だが、推理小説でこれをやったら読者は怒るだろうな。日常生活のユーモア術として使えるかもしれないし、向田邦子の〈鮒〉もこれに似ている。

太宰は〝負けた〟

ついでにもう一つ、太宰治に登場してもらおう。すこぶる深刻な面持ちの写真ばかりが残されているが、なかなかのユーモリストであった。甲府郊外の御坂峠では〝富士には月見草がよく似合う〟という名言を残し、雄大な富士山と可憐な月見草の対比、これ自体がつきづきしく、ユーモラスである。数多い小説の中から〈黄金風景〉という、とても短い作品を引用すれば、

〝私は子供のときには、余り質《たち》のいい方ではなかった〟と書き出し、まさに太宰自身のことを告白するようにストーリーは進行して、ことさらにのろくさい女中のお慶をいじ

めていた、とか。子どものくせにお慶をいびりまくり蹴ったり、お慶をして、「親にさえ顔を踏まれたことはない。一生おぼえております」と言わしめている。歳月が流れ、〝私〟は生家を追われ、貧乏生活のまま小説を書いている。まさに太宰の一時期そのままなのだが、毎朝届く一合の牛乳がうれしい生活……。四十近い巡査が現れ、「おや、あなたは……のお坊ちゃんじゃございませんか？」と言う。〝私〟は（太宰は）まさしく良家の〝お坊っちゃん〟だったのである。巡査はお慶と結婚して子どもとも幸福に暮しているらしい。「お慶がいつもあなたのお噂《うわさ》をしています」とあり、近々挨拶に来ると言う。〝私〟は激しい狼狽を覚える。そして三日後、お慶は夫や娘とともにやって来る。〝私〟は逃げ出し、海辺に行き町へ行き、さまよい歩く。お慶たちは追って来たらしい。〝うみぎしに出て、私は立止った。見よ、前方に平和の図がある。お慶親子三人、のどかに海に石の投げっこしては笑い興じている。声がここまで聞えて来る〟そう、その声は、

〝「あのかたは、お小さいときからひとり変って居られた。目下のものにもそれは親切に、目をかけて下すった」〟

なのだ。かくて作品は、〝私は立ったまま泣いていた。けわしい興奮が、涙で、まるで気持よく溶け去ってしまうのだ。

負けた。これは、いいことだ。そうなければ、いけないのだ。かれらの勝利は、また私のあすの出発にも、光を与える〟

と終わっている。微苦笑を禁じえない。小説家はユーモアを持たなければ、やっていけない仕事のような気がする。

小説家はともかく一般に言葉を豊かにするには俳句、短歌、川柳、狂歌、広く読書が役立つ、と私は思うのだが、それらについてはまた後に触れよう。

大きい笑い、小さい笑い

笑いには大きい笑いと小さい笑いとがあるようだ。大きい笑いは、たとえば「ワッハッハ」と文字通り呵々大笑《かかたいしょう》するケースであり、小さい笑いはクスリと頰を揺らす程度の笑いである。見かけの差はもちろんのこと、笑いの意味も、その心理も相当に異なっている。

テレビで小耳に挟んだことなのだが、市井には笑うためのサークルがあるらしい。十数人が集まってリーダーの指示のもと、みんなで、

「ワッハッハ」

「オッホッホ」

「エッヘッヘ」

大声で笑うわけだ。格別おもしろおかしいことがそこにあるわけではなく、とにかく笑うことを目的として笑うのである。

〝みんなで笑いましょう〟という約束ごとであり、これは演技であり、親しさの笑いに属するもののようだが、みんなで大笑いしているうちに本当におかしくなり、陽気になり、心に笑いの楽しさが生ずる。そういう効果を生み出すのが、このサークルの狙いらしい。

確かに、一定の効能はありそうだ。無理にでも笑えば、そこにポジティブな気配が一応は生ずるだろう。

喜劇を見たり落語を聞いたり、これも大きい笑いを求める方法である。必ずしも大きいときばかりではあるまいが、笑って愉快になるのが目的であり、効能であり、内容的には小さくても大きい笑いと同質である。

この笑いは「私、楽しいのよ」と周囲に広く知らせ、自分もそれを強く認識するようなところがあるけれど、笑いそのものは大きいからといっておかしさが大きいわけではないし、おかしさの意味内容が深いわけでもない。

むしろ小さい笑いのほうが日常的であり、ユーモアから発して〝知的で〟中身の深いところが多い。ここを忘れてはなるまい。

「アメリカの大統領、トランプなのにハートがないなあ」

少しだけ頬を歪めてしまった。世界中の人の運命に関わるジョークである。事は大きいが笑いは小さい。言葉遊びに属するジョークだが、ユーモアから発している。これが大切だ。

ユーモアは生まれつき?

ユーモアは気質であり、心の営みであり、それが多くの場合、言葉として現れ、それが笑いを生む、という構造については、すでに略述したが、すると、

「よい言葉を持っていないとユーモアが現れないんだ」

「もともとユーモアがなければ、どうしようもない」

ということとなり、〝ユーモア↓言葉↓笑い〟という流れが見える。ユーモアやよい言葉を持たない人は、いくら笑う門に立とうとしても門の前で待ちぼうけ、幸福はいっこうにやって来ないことになる。

この指摘に対して、残念ながら、

「そうですね、根本的には」

と言わねばならないところは、ある。

ユーモアは……そういう体液を体内に宿すのはそう簡単なことではない。もしかしたら血筋であり、生まれつきの能力かもしれないし、少なくとも生まれ育った環境にユーモアが漂っていないとこれを会得とするのがむずかしいところがあるのだ。あるかなしかのユーモアをうまく発するよい言葉も環境と教養に関わっている。

「俺んち、駄目だな。親父は家に帰ると〝めし、風呂、寝る〟ってそれしか言わんかったもんなあ」

育った家庭が無味乾燥だったり、勉強はそれなりにやったけれどユーモアに向かうような教養とは縁がなかった、と、こうほざくケースはけっして少なくない。

そこで……じゃあ逆に笑いを求めて言葉を探し、ユーモアを培う方法はないのだろうか。つまり〝笑い↓言葉↓ユーモア〟である。

意図的に笑いを求めてみよう。馬鹿笑いではなく（それが役に立つこともあるが）知的な笑い、言葉を介在させるおかしい話、これに慣れ親しむと少しずつユーモアが養われる、そういう方法もあるのではないか。

だが、この方法を探す前にユーモアについて少し視点を変えて考察しておこう。

ネガティブなユーモアもある

それは……ユーモアが必ずしも明るい、楽しい笑いと結びつくものではなく、ネガティブな（消極的な）側面を持っているということだ。

なにか失敗を犯してしまった。咎められたときに（古典的な言いぐさだが）

「電信柱が高いのも、角のポストが赤いのも、みんな私がわるいのよ」

開き直って呟く台詞がある。使い方をまちがうと、かえってひどいことになるけれど、笑いが起きれば救われないこともない。ユーモアでお茶を濁すわけだ。

あるいは会計のチェックを受け、

「なんのための予算なんだ？　こんなにオーバーしてしまって」

と問われたとき、窓の外を見て、

「雨ですね」

「うん？　それがどうした？」

「予報は曇りだったけど」

「それで？」

「予報とか、予算とか、みんな狂うもんなんですよねぇ、あははは」

これも使いどころをまちがってはいけない。

さらにまた、母親が学校の成績を眺めて花子を叱った。

「どうして花子は算数がこんなにひどいの。算数が嫌いなのね」

花子が答えて、

「ううん、ちがうの。花子は算数のこと、好きなんだけど……」

「ええ？」

「算数が花子のことを嫌うの」

これは笑える。たくまざるユーモアかな。父親に話すと、

「ありうるなあ」

「冗談言わないでよ」

「恋愛だって、こっちがいくら好きでも相手が嫌いじゃ……」

「馬鹿言わないでよ」

と笑ってしまう。ユーモアが事態のマイナスを少し緩和しないでもない。

一種の屁理屈であり、ごま化しであり、ときには、

「あんた、胃潰瘍なのに酒飲んで、天ぷらなんか食って、大丈夫なのかよ」

「平気、平気。胃潰瘍って胃袋に傷ができてるんだ」

「うん？」

「傷ができたら、アルコールで消毒して油を塗っておけばいいんだろ」

軽い自己弁護。ジョークは軽いが、病気にはよくないかも。

職場の休憩室にレディが二、三人、おしゃべりをして、

「あなた、色、白いわね」

「生まれるとき神様がちょっと染料を入れ忘れたのよ」

「へぇー。うらやましい」

「でももう一つ、おつむのほうにも入れ忘れがあるみたいで、私、駄目なのよ」

謙遜かもしれないが、裏返しの自慢かもしれない。うまく仕事ができないことへの予防線かもしれない。

定年退職した旧友のところへ電話をして、

「元気？」

「まあね」

「久しぶりに会おうか」

「いいよ」

「いつあいてる」

「サンデー毎日だよ」

「えっ？」

「毎日が日曜日」

「なるほど。じゃぁ来週の八日。金曜日。空《あ》いてる？」

「うん」

「時間は？」

「いつでも。全日空だ」

「へえー？」

「全日、空いてる」

と高い笑いが聞こえたりする。少し自虐を含んでいるのかもしれない。

昔、こんなざれ歌を聞いた。戦事中のことである。

〽きのう召されたタコ八が　弾に撃たれて名誉の戦死　タコの遺骨はいつ帰る？　骨

がないから帰られない
少し記憶がちがっているかもしれないが、大人たちは笑い、笑いのあとに悲しみがあった。

サラリーマン社会。上司が部下に向かって
「人間になぜ尻尾がないか知ってるか」

「いえ」

「すり切れるほどしっぽを振った奴が生き残ったんだ」

この手の理屈はいろいろな笑いとなって散っている。昔の農民は、〝世の中は、さよう、いかにも、ごもっとも、そうでござるか、しかと存ぜぬ〟代官など偉い人に答える話術のレッスン・ワンがこれであったとか。反抗しないのである。今でもサラリーマン社会などで、社長がジャイアンツのファンだったりして、

「今年のジャイアンツは強いね」

「そうですね」。つまり〝さよう〟である。

「阿部が打ったじゃないか」

「本当に」。〝いかにも〟である。

「新人にいいのがいる。新人が活躍するとおもしろいな」

「まったく」。〝ごもっとも〟である。

「優勝は確実だね」

「そうみたいですね」。〝そうでござるか〟である。

「日本シリーズの相手は西武かソフトバンクかな」

「さあ、わかりませんけど」。〝しかと存ぜぬ〟である。

絶対の権力者に対してはこれが無難だったのである。苦笑をしながらも現代の会話術として充分に役立つ。

戦場や危険な炭鉱など命の危険が身近な状況で仲間が寄り合って、

「爆風でジョージの首、木の上まですっ飛んでよォ」

「それでも笑ってやがる。あははは」

「いつだって陽気な奴だったぜ」

狂気に近い笑いが起きたりして、これも（すなおには笑えないが、黒い）ユーモアに分類されている。

落語に眼を向けると〈たが屋〉があって、これは両国の川開き、花火が夜空にあがって「玉屋！」「鍵屋！」と声がかかるなか、たが屋の職人が武士に無礼を働き、手討ちになるところ、武士の刀を奪って逆に首をチョン切る。武士の首はポーンと宙に飛び、なにごとかと案じていた見物人が『たがや！』。これは落語だから笑えるし、黒いユーモアを含んだストーリーと見てよいだろう。

もう一つ〈首提灯〉では、武士に首を切られた酔っぱらいが、あまりみごとに切られたので、それとは気づかない。首をつけたまましばらく行くうちに半鐘が鳴って近所で火事らしい。落ちそうになる首を取って、ヒョイと前にさし出し、さながら提灯のように「はい、ごめん、はい、ごめん」と走り出す。落語には黒いユーモアが少なくない。

いろいろな例を挙げたが、まったくの話、ユーモアは軽蔑、自己弁護、自虐、からかい、逃避、中傷、批判、諦め、叱責、詭弁……いろいろな人間感情を反映している。笑うことはあっても、けっして明るい笑いとは言えないケースも多い。

しかし、どれもみんな人間ゆえの営み、心理的な防衛なのだ。ややこしい世情の中で、どう安らかに……少しでも心理的な負担が少なくてもすむように、立場やプライドが保てるように巧みに操っているのだ。生きていくうえで必要なことであり、そう考えればネガティブと言いきれない意味を持っている。私たちを助けてくれる。だから少しポジティブなのである。

哲学的な黒いユーモア

さらに言おう。

ある朝、死刑台に連れられて行く死刑囚が空を見上げて「今週は幸先がいいぞ」と呟く、これがユーモアだ、という説もある。自分に課せられた過酷な現実を心理操作で(つまり強気の言葉を呟くことで)乗り越えようという営みなのだ。

古い諺《ことわざ》に〝引かれ者の小唄〟があって状況はよく似ている。連行される者が強がりを見せて鼻歌などを歌っている姿だ。愚かと言えば愚かだが、ユーモアと考えれば、これは深い。追って来る過酷な運命に対して、

――気にしない、気にしない――

歌って超越しようとしているのだ。ユーモアにはこの作用がある。ずいぶんと屈折して、いじましいところもあるけれど、弱い人間の自尊心、せめてもの抵抗、根底にこれがあるからユーモアはすごいのだ。

本当か嘘か、多分嘘だろうけれど、釜ゆでにされる直前の石川五右衛門が〝石川や浜の真砂は尽くるとも世に盗人の種は尽きまじ〟と詠んだのも……これが庶民の伝承として残ったのも、このユーモア精神と無縁ではあるまい。

さらに大げさに考えれば、この世の中、やがてだれしもが死ぬのである。死すべき一生をどう生きるか、死を直視せず目をそらし、束の間の生を易しく生きる手段が私たちの文化であり、ユーモアは根底においてこの真理とつながっている。ただの笑いとはちがって哲学的なのだ。

——ああ、厭だ、厭だ——

ユーモアを語ると、すぐに理屈っぽくなる。今日明日の生活に戻って、ユーモアを楽しむ方便を探ってみよう。

第二章　ユーモアの学校

ユーモアを創る

ユーモアは気質であり、心であり、多角的にものごとを見つめる力であり、それが言葉によって現れると、笑い（多くの場合、小さい笑い）が生まれる。

これを逆にたどって、言葉を多角的に操って笑い、それによりユーモアを心の中に醸成する、という方法はありうるし、これはそれなりに有効だ。こうして醸成されたユーモアが人柄となってユーモリストが次第に作られていく。実例を示せば、

「時差ボケがひどくて弱ってしまう」

「しかし時差ボケは、四、五日すればなおるからまだいい。俺なんか……」

「うん？」

「爺さんボケだ」

確かにこれはなおりにくい。年輩者ならの時差ボケならぬ〝爺さんボケ〟を記憶に留め、小だしに発してみるのがよい。言葉によってユーモアが笑いに変わる。

「総務課の田中さん、目立つ人だね」

「目立つけど、つまらない」

「そうかな」

「トイレの百ワット。いくら輝いても意味がない」

巷間すでによく囁かれているが、〝トイレの百ワット〟はかなり利用範囲の広いジョークである。

よく言われていることだが、

「感謝感激、雨あられ。あなたのお家、どこでしたっけ?」

「えっ? 北区だけど」

「そう、私そっちに足を向けて寝られません」

これは大げさ話法。ちょっとしたユーモアの発露となる。

ユニークなものの見方も大切だ。

「麻雀って、健康的なゲームだなあ」

「そうかな。徹マンなんかして……」

「そこよ。健康でなきゃ やれない」

屁理屈もときには笑いを誘うことがある。こんなふうに常套《じょうとう》的なもの、ユニークなもの、身に合ったもの、情況に合いやすいもの、少しずつ覚えたり、創ったり……これが少し野暮ではあるけれど、ユーモアを創る学校ではあるまいか。その技法を、しゃれ、比喩、パロディ、詭弁などに分けて覗いてみよう。

〝しゃれ〟は日本の文化だ

「あなた、教養あるわね。いつから？」

「今日よ」

典型的なしゃれである。駄じゃれと言われたり、親父ギャグと軽蔑されるおそれも充分にある。

数人で集まっていると、一人黙々と考え込んでいるような人がいて、だれかが、

「どうしたの？」

と怪しめば、

「うん、ちょっとトイレへ行って来る」

「あ、そう」

　やおら席を離れて、

「失礼、しっこ猶予」

　と小用へ行く。

　周囲はあまりの馬鹿らしさに笑ってしまうが、当人は〝しっこ猶予〟と〝小便《しっこ》〟のしゃれに一人悦にいっているわけだ。どこでどう用いるか、むつかしいところであるが、日常的な笑いのテクニックでもあり、

「転勤したの？」

「うん」

「どこ」

「幸か不幸か、福岡《フコーカ》です」

　くらいはほどがいい。

「オランダでバラバラ殺人事件があってね」

「へぇー、知らなかった」

「腕が一本、ダムに浮いてて」

「どこのダム」

「うん、アーム捨てるダム」

これはもう漫才師など職業的なしゃれに属するだろう。

落語などにもこれを基本としたものが散見され、私は数少ないしゃれをキイとして話をまとめている〈金明竹《きんめいちく》〉が大好きだ。

少しおつむのゆるい与太郎が伯父に頼まれて道具屋の店番をしていると、同業の使いがやって来て、取引先の事情を早口で言う。その口上がおもしろいので与太郎は二度、三度とくり返してもらう。すなわち、

「よう聞いとくんなはれや。わて、中橋《なかばし》の加賀屋佐吉方から参じましたん。先度、仲買いの弥市が取り次ぎました道具七品のうち、祐乗《ゆうじょう》、光乗《こうじょう》、宗乗《そうじょう》三作の三所物《みところもの》、ならびに備前長船《おさふね》の則光《のりみつ》、四分一《しぶいち》ごしらえ、横谷《よこや》宗珉《そうみんこ》小柄付《づか》き脇差《わきざし》、柄前《つかまえ》はなあ、旦那《だな》はんが古鉄刀木《ふるたがや》と言やはってやった、あれ、埋木《うもれぎ》じゃそうになあ、木ィがちごう……よく聞いとくんなはれや、木ィがちごうとりますさかい、念のため、ちょとお断わり申します。

つぎは織部の香合、のんこの茶碗、黄檗山金明竹《おうばくさん》、ずんどうの花活《い》けには遠州宗甫《そうほ》の銘がござります。古池や蛙《かわず》とびこむ水の音……ありゃ風羅坊正筆《ふうらぼうしょうひつ》の掛け物、沢庵《たくわん》、木庵《もくあん》、隠元禅師《いんげんぜんじ》張《は》り交《ま》ぜの小屏風《こびょうぶ》、あの屏風はなあ、わての旦那《だんな》の檀那寺《だんなでら》が兵庫におましてな、この兵庫の坊主の好みまする屏風じゃによって表具にやり、兵庫の坊主の屏風にいたしますと、かようおことづけ願います。ごめんやす」

おもしろいが、与太郎はなんもわからない。伯父が帰って来て、

「どうした？」

「はい、仲買いの佐吉さんのお使いが見えて……」

「おう、おう、大事な買いつけを頼んでおいたんだが……」

「へぇ、気がちがったようで」

「気がちがった？」

〝木ィがちごう〟を聞き違えたのだが、話はどんどんこんがらがって、

「確か古池へ飛び込んで……」

「えっ。ほんまか。あの人には道具七品を頼んでおいたんだが、買ってからかなあ」

「いいえ〝買わず（蛙）とびこむ〟でした」

と、これは大きな笑いである。

もう一つ〈道灌〉もしゃれがよく効いていて、これは太田道灌が山中でにわか雨に遭い、近くのあばらやに雨具を借りに行くと娘が現れ、雨具の代わりに山吹の枝をさし出した。道灌はなんのことやらわからなかったが、おつきの家臣が「これは有名な古歌〝七重八重花は咲けども山吹の実のひとつだになきぞ悲しき〟をほのめかしているのであり〝実の一つだになき〟と〝蓑一つだになき〟をかけているのだ」と説く。道灌は「ああ、私は歌道に暗かった」と反省して、それから教養を深めたとか。この話をご隠居から聞かれた八五郎はすっかり感動して自分でもやってみたくなる。ご隠居に歌をかいてもらい、家に帰ると折からの雨。仲間が飛び込んで来て……しかし、

「提灯を貸してくれ」

「雨具だろ、借りたいのは」

「いや、雨具は持ってる」

「持っってても雨具を借してくれって言え」

「わからんなあ。じゃあ雨具貸してくれ」

「よし、これを見ろ」

八五郎が得意顔で歌をさし出すと、

「なんだ、こりゃ。ななべやべ……」

「おめえ、なんも知らんな。歌道に暗ぃな」

「ああ、角が暗ぃから提灯借りに来た」

と、はしばしに教養の散っている落語である。因みに言えば〝七重八重……〟は後拾《ごしゆう》遺集《いしゆう》にある兼明親王の名歌で、高貴な生まれなのに貧しい境遇を詠んだものであったとか。

日本語に同音異義語が多いわけ

いずれにせよ、しゃれがもてはやされるのは、日本語に音が少なく、そのため同音異義語の多いことに由来している。日本語の音はアイウエオ五十音図の仮名と対応していて、これが濁音、半濁音を含めて七十八、そのほかにも聞き分けられ、言い分けられる音がいくつかあって、百くらいの音が使えるのだが、たとえば英語と比べれば母音は英語のほうが多いし、子音もRのラリルレロと、Lのラリルレロがあったり、Bのバビブベボと V のバビブベボがあったり、はるかに多い。音が少ないまま同じレベルの語彙を持とうとすれば当然同音異義語が多くなる。たとえば、

「セイチョウを書け」

と言われて（広辞苑で調べると）正丁、正庁、正調、生長、成長、成鳥、声調、征頂、征鳥、性徴、性調、青鳥、政庁、清帳、清朝、清澄、清聴、聖朝、聖寵、静聴、整腸、整調と、すごい。こういう傾向に慣れているので、そっくり同音でなくても日本人は〝教養〟と〝今日よ〟が呼応して聞ける。

このケースで、

「それ、本当?」

と笑ってしまうほどおもしろい例は、

「なんかを造ろうとして駄目になると〝おしゃか〟って言うだろ」

「言う、言う」

「あれ、なぜかって言うと、金属細工なんかで火が強過ぎると、失敗するんだ」

「うん？」

「それで火が強かった、火が強かった……。四月八日だ。四月八日がお釈迦さまの誕生日だから〝おしゃか〟って言うんだ、失敗したときに」

「本当かよ」

一応辞書にも載っている説である。〝火が強かった〟が〝四月八日〟に通ずる耳は融通性が充分過ぎるように思うが、これほどさように日本人のしゃれはおおらかで、いろいろなところに登場するのである。

酒は〝義経千本桜〟がよい

たとえば男同士の会話なら、

「今年のミス日本、すごいね。スタイルがすごいじゃないか。脚なんか白くて、色っぽくって、とても国産品には見えない」

「きれいに見せるため靴下なんか穿いてないらしいぞ」

「なま脚か」

「そう。穿いてない。昔から言うだろ。美人はくめい、って」

もちろん本来は〝美人薄命〟という諺だ。

少し品をよくして、これも男同士の会話から、

「お酒、お飲みになるんでしょ」

「ええ、まあ」

「仲間とにぎやかに？」

「いや……いや。私は〈義経千本桜〉でして」

「ほう。そりゃなんですか」

「静かに、ただ飲む」

ユーモアには教養が必要だ。歌舞伎の名品〈義経千本桜〉は源義経の愛妾・静御前と義経の家臣・佐藤忠信が大切な登場人物だ。つまり〝静か忠信〟、静かにただ飲む、となり、しゃれとしておもしろいが、お酒の飲み方としてもこれはわるくない。若山牧水も〝白玉の歯にしみとほる秋の夜の酒はしづかに飲むべかりけり〟と歌っているではな

いか。

サイズは……A4で「えーよん！」

CMの世界に言葉遊びが多いのは……たとえば〝カステラ一番、電話は二番、三時のおやつは文明堂〟など、よく知られているが、昨今、しゃれを用いて、

――よくやるなあ――

かなり苦しいケースもあるけれど、逆にこの苦しいしゃれがおかしさを生んだりしておもしろい。すなわちテレビなどに流れる大塚商会のコピィである。

「お、トナーがない」

「頼まないトナー」

ご存じ、事務用品のメーカーである。

「クリアーファイル、頼んでくりやー」

画面も漫画チックで楽しい。

「ノート頼んでくれる？」

「のーとは言えないなあ」

充分に苦しいのは、

「新しいシュレッダー、頼むのわしゅれっだー！」

すぐに大塚商会をご用命ください、の意図である。こんな遊びを駆使する企業に私は拍手を送りたい。

確かにしゃれは、ときに陳腐に流れ、嘲笑のたねにもなりかねないが、たった今述べたように日本語の特徴としっかり結びついている。詩歌の分野で用いられる掛け詞《ことば》と構造的に変わりがない。

立ち別れいなばの山の峯《みね》に生《お》ふる
　まつとしきかば今かへりこむ
百人一首にある歌の〝まつ〟が松と〝待つ〟との掛け詞であることをよしとするならば……この文学性を認めるならば、苦しいしゃれをひどく嘲笑うこともあるまい。しゃれは明らかに私たち庶民の笑いの文化なのである。私の座右の本棚には〈ダジャレ練習帳〉（角川春樹事務所刊）があって、

「熱いコーヒーを飲むと、ホットするなあ」

などと楽しんでいる。

比喩は言葉を飾るもの

小学生は〝お盆のような月が出ました〟と書く。

プレイボーイは「女性関係？　ペットボトルとおんなじ。初めから捨てるときのことを考えておくべきなんだ」と、ほざく。

武田信玄は〝疾《はや》きこと風の如く、徐《しず》かなること林の如く、侵掠《しんりゃく》すること火の如く、動かざること山の如し〟と、いわゆる風林火山を軍旗に掲げた。

パスカルは〝人間は考える葦である〟と哲理を示した。

みんな比喩である。たとえである。なにかを巧みに表現するために、ほかのものの力を借りて言うのである。まるい月をわかりやすく言うため、お盆を引き合いに使い、戦略の要点を風・林・火・山にたとえたわけである。

文章を、言葉を飾る技を、レトリックと呼ぶが、比喩はその代表的なもの、魚釣りで言えば、鮒釣りみたいなもの。あははは、この言い方自体が比喩そのものだが……つまり〝釣りは鮒に始まり鮒に終わる〟と言うではないか。まず初めて水に糸を垂れたとき、

——鮒を釣ろう——

と思い、そして熟練のすえ最後にたどりつくのも鮒釣りなんだとか。比喩を用いるのも、レトリックの第一歩であり、これは、最後まで文章を飾る技として充分な価値を持っている。

この技量には鮒釣り同様さまざまなレベルがあり、最後はものごとをどう見るか、ありふれた見方ではなく、多角的に眺め、独特の表現をえたとき、つまり、ユーモアが発動したときにすばらしくなる。

まず月並な文章を紹介すれば、

〝飛行機の窓からながめた景色は、まるで大きな箱庭のようだった。細い線路の上を、プラモデルそっくりの黒い電車が、ゆっくり走っていた。青だたみをしきつめたような田。そのまわりで蟻のようにうごめいている人間。さながら地図のそれのような陸と海のさかいめ……。つぎからつぎへと移りかわっていく眼下の風景を見ているうちに、東

京から大阪までの一時間は夢のようにすぎていってしまった〟

と数行の中に五つの比喩を用いている。小学生なら九十点くらいの文章だろうが、これでは月並み過ぎて味が薄い。もう少しレベルを上げて、店長が開店前に、

「今日の大売出し、頑張ってくれよ」

「はい」

「明智光秀でいいから」

「なんですか、それ？」

「三日間でいいから、トコトン頑張ってくれ」

オフィスの会話なら、

「課長に言ってやりたいよ。馬鹿な方針ばっかりほざいて」

「はげ頭なのに、チョン髷《まげ》をゆおうとして」

「なんだよ、それ」

「ゆう（言う）だけ損」

少し苦しいが、広く応用が可能な例としては、

「おたくの娘さん、美人なんだろ」

「いいや。ローカル線の大雪よ」

「なんだ、それ」

「不通（普通）だよ」

なべて標準的なものに使える。

もう少し大がかりな例を挙げれば、イギリスの名宰相ウィンストン・チャーチル（一八七四〜一九六五）が言ったとか。

「イギリス労働党の創始者は、だれか」

「はい？」

「コロンブスさ」

「へーえ、どうして？」

「出発のとき、どこへ行くか知らなかったし、着いたところがどこかわからなかった。おまけに全部、他人の金でやった」

チャーチルは労働党を嫌っていたし、そのいい加減さを（チャーチルから見て）からかったのだが、私たちのまわりにも、事業などをろくな思案もないままスタートさせ、今、どういう状態にあるかを理解できず、しかも資金は全部他人の援助で……というケース、無きにしもあらず。引き合いにされたコロンブスは少し気の毒だけれど、ね。

レトリックの辞典

比喩はレトリックにとって有力だから、

――すてきな文章をどう創ったらよいか――

そのときの参考として、そのための本が創られたりしている。たとえば、榛谷泰明の編んだ〈レトリカ〉(白水社)。辞典のような造りで、文学者の作品から引用して本文三四四ページの労作だが、その一ページを示せば、

人生　じんせい

✣人生はだ、フィリップ、**長い航海のごときもの**である

――この比喩は古くはあるが適切である。

✣ひとを頼む気もなくなった**乾いた花びらのような**人生が、歩いてゆく（中略）眼をそらして、ひとの痛いところは見ないという風にである。

（ジャック・リチャードソン『絞首台のユーモア』倉橋健訳）

✣消えろ、消えろ、／つかの間の燈火《ともしび》！　人生は**歩きまわる影法師**、／あわれな役者だ、舞台の上でおおげさにみえをきっても／出場が終われば消えてしまう。

（中里恒子『此の世』）

✣人生は**一箱のマッチに似てゐる**。重大に扱《あつか》ふのは莫迦莫迦《ばかばか》しい。重大に扱はなければ危険である。

（ウィリアム・シェイクスピア『マクベス』小田島雄志訳）

（芥川龍之介『侏儒の言葉』）

✣人生は**シャッポのような物**ですよ私はあなたの竿でありたい

（山崎方代『迦葉』）

新生児　しんせいじ

✣新生児が大勢籠《かご》に入って、**焼きかけの今川焼**みたいに並んでいる。看護婦が餡子《あんこ》でも入れるように次から次へと手際よく胸のガーゼを取り替えていた。

（阿刀田高『サン・ジェルマン伯爵考』）

心臓 しんぞう

✢白すぎる私の手、**狂った鳥のような**私の心臓。ここにあなたに死を惹起させた、取り乱した、むなしい金髪で赤毛のかわいい小さな雌がいる。

（アンヌ・エベール『顔の上の霧の味』朝吹由紀子訳）

✢空港をめざした機は激しく揺れ（中略）次の瞬間にはエンジンが耳をろうするばかりの轟音を立てたと思うと機が急に立ち直ったので、彼の心臓は両手で**叩きつぶされかけた紙風船のような感じ**に襲われた。

（アラン・シリトー『ニヒロンへの旅』小野寺健訳）

寝台 しんだい

✢この絵には、あの高く聳えて白く輝く宮殿の露台がある。それに、秋の**雲の塊のような**白い寝台がある。

（ダンディン『十王子物語』田中於莵弥・指田清剛訳）

針葉樹《しんようじゅ》

✣四月も半ば近いのだが、上空から眺めると、少し高いところにはまだ雪が残り、山中の湖や川は岸の方が凍りついていた。その雪や氷に澄んだ日ざしがきらめき、はだかの針葉樹の木々が、**錆びた鉄釘をさかさまに植えつけたように**、一本ずつくっきりと尖って見える。

（日野啓三『ワルキューレの光』）

文筆家の企みが、いろいろな項目をもとに紹介されていて楽しい。芥川龍之介の〝人生は一箱のマッチに似てゐる……〟はよく知られている箴言であるし、私の数行は微笑ましい風景で、ユーモアがこぼれているかもしれない。この本を一冊読み通すのはつらいが、このページ、あのページところどころ覗くのは楽しい。

向田邦子のレトリック

向田邦子は比喩の使い方の顕著な作家であった。代表作〈かわうそ〉から拾ってみると、家の庭の変化を綴って〝暦をめくるように、季節で貌《かお》を変える庭木や下草〟であり、ヒロインの容姿を眺めて〝西瓜《すいか》の種子みたいに小さいが黒光りする目〟と記す。軽い脳梗塞に冒されているらしい主人公については、煙草を取ろうとして〝手袋をはめたまま物を摑《つか》むような厚ぼったい感じがすこし気になった〟と綴っていた。さらにこの主人公・宅次は、

〝頭のなかで地虫《じむし》が鳴いている。

倒れてからひと月になるが、地虫は宅次の頭の、ちょうど首のうしろあたりで、じじ、じじ、と思い出したように鳴いていた〟

であり〝白く濁ったビニール袋をかぶった脳味噌〟であり、ついには〝写真機のシャッターがおりるように、庭が急に闇になった〟と作品を終えている。笑える比喩ではないが、構造的には笑える比喩も同じこと。圧巻はこのヒロイン・厚子の胸の豊かさ。

〝細い夏蜜柑《なつみかん》の木に、よく生《な》ったものだと思うほど重たそうな夏蜜柑が実っているのがある。結婚した当座の厚子はそんな風だった。さすがに四十を越して夏蜜柑も幾分小さめになったようだが、ここ一番というときになると、厚子は上に持ち上げて、昔の夏蜜

柑にするのである〟

とあって、これはほほえましい。

向田邦子は脚本家として第一線に立ち、五十歳のころに本格的に小説を書くことに挑んだ。〈かわうそ〉は初めての短編集〈思い出トランプ〉に収められたものであり（そこに収録されている〈犬小屋〉〈花の名前〉とともに直木賞の栄誉に輝いた）勝手な推測をすれば、小説家としてのデビューを前にして、

――すてきな文章を示そう――

と期するところがあったのではあるまいか。比喩は巧みであったが、私見を述べれば、

――少し多過ぎる、かな――

〈思い出トランプ〉の他の作品にもこの傾向が見られる。二番目の短編集〈男どき女どき〉では少し抑制されているが、これを連載している最中に飛行機事故で没してしまった。向田邦子と比喩との関わりは……その変化はもうこれ以上は確かめられない。

が、それはともかく、そもそもここで私は、なにが言いたいのか。

つまり、ここ一番というときに、すてきな比喩を次々に思案して駆使し、慣れるにつ

れ少し抑えたのではないか……という創作者の脳みその営みを私なりに想像してみたわけだ。

ユーモアを言葉にして、比喩にして、知的な笑いを創ることも、成行きにまかせるのだけではなく、意図的にやってみたらどうですか、それが私の提案したいことである。

“オフサイドは困るなあ”

日常生活で使えそうな比喩をアト・ランダムに挙げてみれば、仲間内のジョークとして、

「あいつ、顔がセクハラなんだよな」

こう言われては、言われた側はかなわないけれど、こんな感じの奴、いないでもない。

部屋の整理整頓などひどく乱れている人もいて、みずから恥じて言うには、

「芸術的なんだよなあ。机の上も床の上もゴチャゴチャで、ピカソの絵だね」

ピカソには申し訳ないけれど……。

ビジネスの現場では、捕らぬ狸の皮算用、成果のあがらないうちから利益を計算してしまうケースがないでもない。だが、もう一歩進んで、

――うまくいった――

と思ったとたんご破算になってしまうケースはもっと多いだろう。

「おめでとう。契約に漕ぎつけたんだって」

「ううん、それがオフサイドでさあ」

サッカーでおなじみ。うまくいったと見えた瞬間、微妙なところでオフサイドの反則、本当にくやしい。婚約が成ったと思ったとたんオフサイド……。オフサイドはいろいろなところで使えそうな比喩である。

そう言えば、ふと思い出してしまったのだが、放浪の画家、山下清（一九二二〜七一）さん、年輩者はご記憶がおありだろう。

「それ、兵隊の位で言うと、なんですか」

評価のわからないものについて兵隊の階級にたとえてもらうわけである。

「今度ノーベル賞もらったアフリカの詩人、兵隊の位でいうとどのくらいの人なの？」

わかりにくいケースも多い。新聞社の文芸記者が、

「大佐かな」

「ふーん。まあまあなんだ」

世界文学の中でどう位置づけるか、むつかしいこともよくある。

かつては兵隊の位についてはだれもが知っていた。大将、中将、少将、おっと、その上に元帥がいたっけ、下のほうは大佐、中佐、少佐、大尉、中尉、少尉、准尉、これまでが士官で、その下は曹長、軍曹、伍長、兵長、上等兵、一等兵、二等兵。

「自衛隊の位で言うと……」

これはシステムは昔と変わらないが、あまりポピュラーではない。一般的な比喩には向かないだろう。

動物たちは比喩の宝庫

お話変わって典雅《てんが》な例を挙げれば、フランスの文人J・ルナール（一八六四〜一九一〇）は〈博物誌〉の中で動物たちを比喩的にとらえてユーモラスに伝えている。

驢馬《ろば》

大人になった兎。

蝸牛

いい天気になると、精いっぱい歩き回る。それでも、舌で歩くだけのことだ。

蝶

二つ折りの恋文が、花の番地を捜している。

蛍

いったい、何事があるんだろう？　もう夜の九時、それにあそこの家では、まだ明りがついている。

蟻

一四一四が、３という数字に似ている。それも、いること、いること！　どれくらいかというと、333333333333……ああ、きりがない。

鼬《いたち》

貧乏な、しかし、さっぱりした品のいい鼬先生。ひょこひょこと、道の上を往《い》ったり来たり、溝《みぞ》から溝へ、また穴から穴へ、時間ぎめの出張教授。

などなど岸田國士《くにお》（一八九〇〜一九五四）の訳である。

ルナールは有名だが、日本人も負けていないぞ。先にも登場した作家、中島敦の和歌がある。〈河馬〉という歌集から比喩的ないくつかを訪ねれば、

河馬《かば》　赤黑きタンクの如く竝《なら》びゐる河馬の牝牡《めすおす》われは知らずも
駝鳥《だちよう》　何處やらの骨董店《こつとうてん》の店《みせ》さきで見たることあり此奴《こやつ》の顔を
麒麟《きりん》の歌　黑と黄の縞のネクタイ鮮やけき洒落者《みやびおとこ》と見しは僻目《ひがめ》か
駱駝《らくだ》　生きものの負はでかなはぬ苦惱《くるしみ》の象徴かもよ駱駝の瘤は
縞馬《しまうま》　縞馬の縞鮮かにラグビイのユニフォームなど思ほゆるかも
熊　熊立てば咽喉の月の輪白たへの蝶ネクタイとわが見つるかも
大青蜥蜴《とかげ》　口あけば大青蜥蜴舌ほそく閃々《せんせん》として青焰奔《せいえんはし》る
ハイエナ　死にし子の死亡届を書かせける代書屋に似たりハイエナの顔

比喩は私たちの日常であると同時に明らかに文学なのである。

大げさに話そう

プロ野球のペナントレースが終わって、ジャイアンツ・ファンが二人で、

「巨人、優勝できんかったなあ」

「うーん。せつないね」

「どこがわるかったんだ」

「ごめん、ごめん。みんな俺がわるかったんだ」

と恐縮する。熱心なファンの心意気ですね。なんの関係もないのに「私がわるかったんです」は、使えるし、笑える。

手料理をもてなされて、

「肉じゃが？　僕の大好物なんです」

「そう。どうぞ」

一口食べて、

「おいしい」

「そう」

「生きてて、しみじみよかったって思います」

「本当に」

「はい。人生で二番目にうれしいです」

「二番目？」

「去年、娘が生まれて……」

まずは微笑ましい食卓風景だ。「生きていてしみじみよかった」は応用範囲の広い大げさ話法である。この「二番目」もわるくない。

しゃれのところで触れたが、この手のユーモアは、それを使う時と場所とが大切だ。下手をすれば場がしらけたり、顰蹙《ひんしゅく》を買ったり、KY（すなわち〝空気がよめない〟）の失敗を招く。むつかしいところだ。いくつかを知っておいて臨機応変、年輩者ならそれができるだろう。

怒りもユーモアに変えられる

笑いを生むものではないが、

——これもユーモアかな——

と思ったのは、旧聞に属するけれど、子どもが保育所に入れず……つまり公が子育てを重視し援助するよう言っているわりには実際に保育所に幼な子を入れることができず、行政のいい加減さに腹を立て、

〝保育園、落ちた日本死ね！！！〟

とはてなブックマークで訴えた母親がいて、ニュースになった。

〝日本死ね！！！〟はまともな思案ではないが、怒りを大げさに訴えたケース、心理はユーモアの発露とよく似ている。

まったくの話、怒りは大げさのほうがよく響く。

「なんですか、今の政治は。腹が立って、腹が立って、私、今月の新聞代、払いません」

新聞社がわるいわけではないけれど、きまって新聞が政治のひどさを伝えるものだから、こんな台詞も言ってみたくなる。

大学のキャンパスでは、

「田中先生って厭ね。猫なで声で。そばに来られると、私、蕁麻疹《じんましん》が出ちゃうの」

「蕁麻疹なら、ましょ。私なんか胃けいれんの引きつけよ」

おならだって役に立つ

ざこ寝の部屋で話題になるのは
「あんたのいびき、ひどかったぞ」

「あれ、いびきじゃない。地球のまわる音なんだ」

確かに。地球規模のすごい音でした。

大げさ話法は、りっぱな批評になりうるもので、ユニークな代表として平賀源内（一七二八〜七九）の〈放屁論〉を紹介しておこう。これは安永年間に両国橋付近でおならの曲芸を演ずる芸人が現れて大評判となったことを書いたものだ。その男の芸名は曲屁福平といい、舞台の上でおならを操り、犬の遠吠え、水車の音、三味線の音色に鶏の鳴き声までまねてしまう。好奇心旺盛の平賀源内はわざわざ見物に出かけ、

「このような珍芸は、唐土《もろこし》朝鮮をはじめ天竺阿蘭陀《てんじくオランダ》、世界の諸国にもあるまい」

と感心したところ、これを聞いた田舎武士が青筋立てて怒り出し、

「これは苦々しいことをおっしゃる。芝居見世物のたぐいといえども忠義貞節の道を教えるものでなければなるまい。おならなどというものは、そもそも人の前で鳴らすものではない。もし人前で粗相をすれば、武士ならば切腹。遊女でさえも自害をしたという。それを人前で鳴らして金を儲けるとは不届き千万。それを見て感心する源内は大ばか者だ」

と、ののしった。

これに答えたのが、この〈放屁論〉の眼目で、

〝あなたのおっしゃることは一応もっともだ。おならというものは、音があるとはいえ太鼓や鼓のように聞くこともできないし、匂いはあっても伽羅麝香《きやらじやこう》のように用いることはできない。さりとて糞尿のように肥料に役立てることもできない。これほど徹頭徹尾役に立たないものを、この芸人がいろいろ研究して、まわりの小屋が及びもつかないほどの大盛況とした。これに引きかえ、近ごろの学者は古い重箱のすみばかりをほじくり返し、文章家も歌人も、古人の物真似ばかり。医者は無駄な議論ばかりして、はやり風

邪一つ治すことができない。俳人は芭蕉のよだれをなめ、茶人は利休の糞をなめるよりほかに能がない。みんな古人の物真似ばかりして、その水準を抜くことができないのは、脳味噌を使わないからだ。ところがこの芸人は、今までだれも用いないおならで曲屁の芸を発案したのであって、この心をあなどってはいけない〟

　これより先を、原文の調子のまま（表記を現代風に変えて）引用すれば、

〝我もまたおもえらく。もし賢き人ありてこの屁のごとく工夫をこらし、天下の人を救いたまわば、その功大いならん。心を用いて修行すれば屁さえもかくのごとし。ああ済世に志す人、あるいは諸芸を学ぶ人、一心に務めれば天下に鳴らんこと、屁よりもまたはなばなし。我はかの屁の音を借りて自暴自棄未熟不出精の人々のねむりをさまさんためなりと、言うもまた理屈くさし。子《し》が論屁のごとしと言わば言え。我もまた屁とも思わず〟

　言うまでもなく平賀源内は、日本歴史上まれに見る独創的な学者であり、アイデアマンであったが、進歩と独創をいみきらう封建時代の風潮が、源内の才能を充分に評価することができなかった。こういった時勢に対する批判と憤りを、文字通り、取るにも足

りない放屁に托してしゃれのめしたのが、このユニークな〈放屁論〉である。このユーモアを心に留めておいていただきたい。

ヴァリエーションを考える

ものごとをいろいろな角度から見る。そして、それをうまい言葉で表現する。その方法にはしゃれ、比喩、大げさ、ほかにもいろいろなヴァリエーションがあるらしい。思いつくまま実例を示してみよう。

日ごろのつきあいの中で、

「あなた、いくつで結婚したの？」

「えーと、三十一のときかな」

「恋愛？　見合い？」

「恋愛じゃないし、見合いでもないし」

「じゃあ、なに？」

「馴れ合い、かな」

つまびらかに語りにくいときもあるし、確かに恋愛でもなく、見合いでもなく、なんとなく知り合い、馴れ合って結ばれたケースも実在する。自分の結婚を恋愛と見合いと二つのパターンだけではなくべつな角度から見て、ちょっと言葉遊びを……しゃれてみたわけだ。

因みに言えば、ナツメロで知られる名歌〈麦と兵隊〉では〝徐州徐州と人馬は進む徐州居《い》よいか　住みよいか　洒落《しゃれ》た文句に　振り返りゃ　お国訛りの　おけさ節……〟とあるが、この〝洒落た〟は〝気のきいた、うまい〟文句の意ではない。〝しゃれる〟には①気のきいたことをする。②着飾る。③生意気を言う。④しゃれを言う。この四つくらいの用法があるが、〈麦と兵隊〉は④だろう。〝佐渡へ佐渡へと草木もなびくヨ　佐渡は居よいか　住みよいか〟なる〈佐渡おけさ〉の一節をもじって、つまりしゃれを言っているのだ。

恋愛、見合い、馴れ合い、これもべつな視点で眺めたしゃれである。プロローグで示した上り坂、下り坂、まさかも同質である。

もう一例を挙げれば、盛り場の雑談で、

「ホステスの武器は化粧、衣装、微笑の三ショウだ」

「なるほど」

「しかし、もっと効果があるのは〝寝ましょう〟だ」

確かに……。四ショウまであるらしい。

トイレと分別

もう少し話題を上品に発展させて……あまり上品ではないけれど、許せ、許せ、次のジョークは、それを綴る前に予備知識として、〝厠《かわや》の分別、湯殿の無分別〟を伝えておこう。知る人ぞ知る名言である。厠、すなわちトイレットは分別、つまり〝よい判断〟をつけるのによい場所だ。巷間でそう言われ、なぜかそんな気配がなくもない。それに比べて湯殿……これは、まあ、昔のお殿様なんかがついつい湯女に手を出して、これがお家騒動のもとになったりするケースもあって、どうもバスルームのほうは無分別が生じやすい。この名言自体がおもしろい。

そこで、ある日あるとき、難問を抱えてトイレットへ赴く。

「トイレで思案してくる」

「分別をつけろよ」

「ああ」

なかなかよい知恵が出て来ない。ドアの外から、

「分別は出たか」

中から困惑の声が、

「フンは出たが、ベツがまだだ」

小ばなしのたぐいである。

言葉は読み方、区切り方で微妙に変化するから厄介だ。

「東京オリンピックはおもてなしの心で行こう」

「表なし、か。裏ばっかりはひどいぞ」

裏があるのが日本文化の特徴だったりして……。

たくさんのユウメイたち

次も仲間同士で、

「うちの佐藤課長って英語で商談をまとめるのがうまいって、有名なんだろ」

「うん。有名だ」

「それが失敗して……」

「有名無実だなあ」

あるいは、

「なんとか窮状を乗り切ったらしくて期待してたのに、急に亡くなってしまって……。まいったなあ」

「仕方ない。幽明さかいを異にしちゃって」

〝幽明さかいを異にする〟は、幽があの世、明がこの世、死んであの世へ行ってしまうことを言う。いろんなユウメイがあるのです。

仲間うちには碁将棋の強い人がいて、

「おめでとう。四段の免状もらったんだって」

「うん。ようやく女房より上になった」

「えっ？　奥さん碁やるの？　何段？」

「碁じゃないけど、やりくり三段だ」

これは有段者があちこちの家庭に実在しているのではあるまいか。

ユニークな論理

変わって論理のおもしろさを狙えば、

「あんた、こんな仕事、朝飯前だって言ってたじゃないか」

「言った、言った」

「なのに、全然進展がなくって」

「ごめん。俺、このごろ朝飯食わんものだから」

朝飯の、前もへちまもあるものか。

仕事場の片隅にシャツなどを脱ぎ忘れて放ってあるときには、それをつまみあげて、

「おーい、このシャツの形をした雑巾、誰のだ！」

雑巾みたいなシャツ、これは月並だ。〃××の形をした××〃、これがおもしろい。悪口として痛烈だ。「このビフテキの形をしたわらじ、だれが食うんだ」なんて、アメリカのビフテキなんか本当にわらじみたいなのがないでもない。

昨今はあちこちで離婚も増えていて、熟年離婚とか悲しい話もよく聞こえてきたりして、

「おい、どの離婚にも必ずある原因って、なんだか、知ってるか」

「なんでしょ？　性格の不一致？」

「いや、必ずある原因は……結婚したことだ」

確かに……。馬鹿らしいけれど、離婚の原因なんて、とことん尋ねてみなければ説明のつかないようなケースもあって、結局のところ結婚なんかしちゃったものだから離婚があったりして……。

身近な話題からもっとレベルを上げ、国際問題に目を向ければ、

「日米間の意思の疎通はむつかしいね」

「そりゃそうだよ。ホワイト・ゴールドは白金じゃないし、ハンドバッグは手袋じゃな

い。くいちがいはあるさ」

トリコロールで行こう

もっと希望的な、人類愛に満ちたユーモアを挙げれば、

「フランスの国旗はすてきだな」

「トリコロールね。赤・白・青が単純だけど、すっきりして、きれいよね」

「自由、平等、友愛を象徴しているんだ」

「ええ」

「自由は人間が一番大切にしていることだろ。しかし平等も大切だ。自由と平等は対立する理念で、自由にふるまえば強い者が勝つ。平等を旨とすれば、自由がそがれてしまう」

「そうね。どうすればいいの？」

「この矛盾を友愛で……ヒューマニズムで調整するのさ。この三つの協調こそが人類存続の理念であり、あの旗はすごいよ」

最高の哲学を含んだ旗であり、この見方は尊い。

頭の中に嵐を起こす

論点を変え、いろいろな角度からものごとを見るとなれば、ブレーン・ストーミングという方法がある。歴《れっき》としたアイデア発想法の一つであり、ブレーン（脳みそ）にストーム（嵐）を起こすのである。

すなわち、大きくしろ、小さくしろ、縦にしろ、横にしろ、過去を見ろ、未来を見ろ、動物にたとえろ、植物にたとえろ、鉱物ならどうだ、男にしろ、女にしろ、性にこだわれ、性にこだわるな……とにかくなんでもいい、対象をいろいろと変化させ、そこから……まあ、言ってみれば下手な鉄砲も数撃ちゃ当たる、なにかしらヒョイとよい知恵が飛び出してくるのを待つのだ。

ユーモアの発想にもこの手法が役立つかもしれない。私は短編小説の書き手として意図的に、あるいは知らず知らずこの発想法を身につけているのではあるまいか。そんな気がする。

鮭の命を考えてみる

昔、北国の清流で鮭の産卵風景を見たことがあった。雄鮭も雌鮭も必死の思いで川を遡上し生殖のすえみずからはクタクタになって死んでいく。

――命がけなんだ――

それにしてもなんでそこまでやるのか。すると……ふと新しい考えが弾んだ。

――人間と鮭と命の考え方が違うのかもしれない――

私たちは命を自分一代のものと考えている。自分が死ねば、それで命は尽きる。しかし鮭は親から子、子から孫……自分の遺伝子（のようなもの）が続いていくこと、それをすべてまとめて一つの命と考えているのではないか。人間は自分の命を守るためなら必死の努力を厭わない。鮭も同じように自分の（長い長い、一代ではない）命を守って必死の努力をする、当然のことだろう。少しく鮭たちの営みを（勝手ながら）理解することができた。

こんな命の考え方を人間に当てはめたらどうなるか。私ごとながら私はこんなアイデアをもとにして短編小説〈サン・ジェルマン伯爵考〉を創った。代表作の一つである。サン・ジェルマン伯爵はみずからの不老長寿を訴えて十八世紀のフランスに実在した人物である。彼の不老長寿は鮭と同じではなかったのか。

小説のよしあしはともかく、この発想は命を長く伸ばして、ブレーン・ストーミング的であり、多角的にものを見る点においてユーモアに近いものであった。

徳川夢声が漏らしたこと

すでに何度かエッセイに書き、講演などでも話したことだが、やっぱりここでもう一度触れておこう。

これも昔、昔、タクシーの中、ラジオでふと聞いたことだった。徳川夢声が話していた。ご承知と思うが、徳川夢声（一八九四〜一九七一）は一世を風靡《ふうび》した弁舌家、彼の弁じた〈宮本武蔵〉は世紀の絶品と称されたものだった。マルチ・タレントとしての活躍もめざましかった。アナウンサーが、

「夢声さんは即興の名人だから……」

と呟いたのに対し、

「そうですか」

と名人はちょっとためらった。即興というのはその場で即座に巧みな詩歌を創ったり、名文句を発したりすること、マイクを向けられれば、たちまちうまいことを言う才能である。

「だって、いつも当意即妙、感心してます」

確かにそういう才人だった。

「そう言われるとうれしいけど……自惚《うぬぼ》れついでに言いますが、そう言ってくださるなら即興がうまいんじゃなく、用意がいいって、そうおっしゃってくださいな」

「はい？」

「即興じゃないんですよ。たとえば、なにかの催しに向かうときとか、そこへ行く道中で〝今日はこんなこと聞かれるかもしれない〟って、車の中なんかで考えて、あれこれ答を用意していくんですね。だから即興じゃなく、用意がいいと……」

聞いていて心に残った。

――そうだったのか――

あの弁舌さわやかに、当意即妙の言葉を発する夢声が、みずからの言葉について周到な用意の人であったとは……眼から鱗《うろこ》の落ちる思いであった。よい言葉とはきっとそういうものなのだろう。徳川夢声ですらそう努力するのだから凡夫はなおのこと用意に努めなくてはなるまい。いきなりうまい言葉が出るなんて……まれにはそういうこともあるだろうが、やっぱり日ごろの心がけが大切なのだ。

ユーモアについても同じことが言えるだろう。堅苦しく考えることはあるまい。さりげなくユーモアを心に醸成し、それを言葉にする……この努力を、努力というほどでもない小さな心がけをたまには意図してみるのはいかがだろうか。一日の終わりに、ベッドの中で、

――今日、なにかユーモラスなこと、なかったかなぁ――

しゃれた言葉が発見できるかもしれない。このあたりに、ユーモアの学校が潜んでいる、と私は思う。

第三章 日本人とユーモア

笑いは持っているけれど

「日本人にはユーモアがない」

とは、なんとなく言われていることである。日本人自身も、

――そうかもしれない――

なんとなくそう思っている。

――本当にそうなのだろうか――

イエス。いや、ノウ、かもしれない。これはむつかしい。

ヨーロッパで培われたユーモアが……歴史的にも長く、多くの人たちの民度と、おそらく、近代の個人主義などとの深いところで関わっている心の営みが、そのままにしっくりと日本人になじむということは、まあ、ありえない。

しかし、大ざっぱにながめて、ザックリ言うならば、

――笑いについては日本人はすごい文化を持っているし、庶民は笑いをよく享受しているんだよなあ――

疑う人は狂言を見よ、落語を聞け。〝笑う門には福来たる〟は日本人の共通の認識ではないのか。

狂言のみごとに様式化された笑い……歴史は充分に古く、多くは庶民の代表・太郎冠者《かじゃ》が主役であり、人間の欲望や習俗をおもしろおかしく、素朴に訴えて間然するところがない。おそらくこれほどみごとな古典喜劇は世界にもそう多くの例を見ないだろう。

川柳、狂歌、都々逸《どどいつ》なども、広く深い和歌を中軸とする伝統的な短詩型文芸のかたわらに、ユニークな笑いを醸し出し、こうした趣向の極致として落語がある。これがまた広く、深く、すごい。

落語はもちろん高座で語られる話芸であり、舞台芸術の一種ではあるが、その一方で内容的には滑稽を旨とする短編小説でもある。

私ごとではあるが、少年のころ、昭和二十年代の厳しい時期だったが、子どもの本など滅多になかった。父の本棚にある落語全集三巻本をせっせと読み、本当に何度も何度も熟読玩味した。ただおもしろいから読んだのだが、これが後年私自身が短編小説を書くようになったとき、どれほど役に立ったことか。脳みそに染み込んだ潜在的な影響まで考えれば、本当に計り知れない。今、あらためて思うのだが、落語は短編小説の原点として、いろいろな要素を網羅したすごいものを持っている、と思う。このあたりの関係を私自身、落語と短編小説を二つながらそれなりに知る者として少し調べてみたいのだが……十年くらいを費やして試みる甲斐のある勉強のような気もするのだが、

——もう余生は十年残っているのかなあ——

ためらうよりほかにない。

落語の落ちを訪ねて

未練がましく役立ちそうな切り抜きやノートを作ったりしているのだが、その一端、落語の〝落ち〟を手際よく分類したものがある。平凡社の百科事典〈ジャポニカ〉からの引用で、興津要《おきつかなめ》さんの執筆ではあるまいか。

落ちの分類

落語全体のおもしろさを終局において、より効果的・集中的に結ぶ言葉で、

「さげ」ともいい、元来が「おとしばなし」である落語の生命ともいうべきものので、分類のしかたもいろいろあるが、一二種類に分類してみた。
考え落ち　『鏡代《かがみだい》』が一例。裁縫の稽古《けいこ》に通う娘に恋わずらいした男がいた。心配した友人が、彼女の下女を通じて仕立て物を頼み、反物に恋文を入れてやった。やがてできてきた着物から、一通の紙包みがでてきたので、あけてみると、中身は金で、「お鏡代」と書いてあったという咄《はなし》で、鏡を買って自分の顔をよく見ろということで、考えないとわからない落ち。
地口《じぐち》落ち（大阪の仁輪加《にわか》落ち）『たが屋』が一例。両国の川開きの日、「玉屋」「鍵屋《かぎや》」と花火をほめる声。そこへ通りかかったたが屋の竹のたがが、するするのびて、通行中の武士の笠《かさ》をはねたので、怒った武士がたが屋を切ろうとすると、必死のたが屋は逆に武士の首をさっと切り飛ばした。見物一同「たが屋！」。これは、玉屋とたが屋の地口だが、このように駄洒落《だじゃれ》に終わるもの。『富久』『天災』など数多い。
見立て落ち　切られた自分の首を提灯《ちょうちん》のように持って「はいごめんよ」と走る

『首提灯』のように、突拍子もないものを、あるものに見立てる落ち。
まわり落ち　ネコの名をつけようとして、トラより竜、竜より雲、雲より風、風より壁、壁はネズミにかじられるからネズミ、ネズミより強いネコとまわって元へ戻る落ち。
仕込み落ち　『山崎屋』のように、吉原のおいらん道中の説明を、まくらで十分にしておかないと理解できない落ち。
間抜け落ち　田舎《いなか》医者が往診の途中、山道で大蛇《おろち》にのまれ、下剤をかけて大蛇の腹を飛び出し、往診先で患者をみようとして、「あ、薬箱を大蛇の腹においてきた」と落ちになる『夏の医者』のように、ナンセンスに終わるもの。『鰻《うなぎ》の幇間《たいこ》』『片棒』『粗忽《そこつ》長屋』など傑作が多い。
しぐさ落ち　『死神』では、主人公が、自分の寿命を示す蠟燭《ろうそく》を継ぎ足そうとするが、うまくいかず、「ああ、消える」というと同時に倒れる。このように、口をきかずに形で見せる落ち。
とたん落ち　旦那《だんな》が自慢の義太夫を熱演中に、失礼にもみんな寝込んだなかで、小僧だけが泣いているので、わが芸の理解者よと喜んだ旦那が、どこが悲しかったといろいろと外題を聞くと、小僧は旦那が義太夫を語った床を指さして、「あすこ」だという。旦那が不思議がると、「あすこがわたしの寝床です」と落ちになる『寝床』のように、落ちの一語であっという解決をみせるもの。『おふかい』『笠碁《かさご》』などもとたん落ち。

はしご落ち　『一目上《ひとめあが》り』のように、はじめの軸が賛《さん》(三)で、次が詩(四)、次が語(五)だから、次は六だろうというと、「七福神の宝船だ」と、だんだん数があがる落ち。

さかさ落ち　典型的なのは、落ちを先にいってから咄にはいる大阪の『死ぬなら今』だが、東京にはこの種の落語がないので、一つ目小僧をつかまえて見世物にしようと一眼国《いちがんこく》に出かけた男が、一眼国でつかまり、眼が二つあるので、逆に見せ物にされるという『一眼国』のように、事件が逆の結果になるものをいう。

ぶっつけ落ち　『あくび指南』が一例。あくびの指南を受けにきた男が、「退屈で、退屈で、ああ、ならねえ」といいながらあくびがうまくできなくて何べんもやりなおすので、待っていた友だちが、「待っているおれのほうこそ、退屈で、退屈で、ああ、ならねえ」と大あくび。とたんに師匠が「あの方は器用だ。見てて覚えた」というように、相手の言葉を別の意味にとって終わるもの。『たちきり』『抜け雀《すずめ》』も同じ落ち。

とんとん落ち『しの字ぎらい』が一例。主人が権助にシの字をいわせようとして、四貫四百四十四文を数えさせたり、しびれをきらせたりするが、権助はどうしてもいわない。主人がたまりかねて「こいつ、しぶとい奴《やっ》め」というので、権助が「それシの字をいった。この銭はおれがもらう」と落ちになるように、筋を調子にのせて、しだいに高潮させ、とんとんと拍子よく落とすもの。

短編小説にも最後の数行でドンデン返しと言えばよいのだろうか、ストーリーがガラリと新しい側面を示すケースは多く、とりわけ私の短編小説にはこれが多い、らしい。〝らしい〟というのは本人が意識する以上に読者からこの指摘をよく受ける。幼いころの影響は否めない。いつのまにか取り入れているのだろう。短編小説についても、たった今引用した分類表のように〝O・ヘンリーはこうでした〟〝サマセット・モームはこうでした〟と技巧の一覧表を示したらりっぱな研究になるだろうが、対象とすべき作品が多過ぎて簡単に結果が出せるものではあるまい。

落語のようなショートショート

ここでは私のショートショート作品〈最期のメッセージ〉について、

――あれは落語だね――

あらすじを示して類似性をかいま見ていただこう。作品の始まりは、

〝時刻は午前二時過ぎ。夜のとばりが裏通りの街を黒々とおおっていた。梨本は灰色の衣裳に身を包んでマンションのバルコニィにうずくまっていた。裏庭の高い公孫樹の幹を登れば、たやすくこのバルコニィに侵入できる。不用心にはちがいないが、梨本にとってはすこぶる好都合な立地条件だった。間もなく亜矢子が帰宅するだろう。

そして、空気を入れ替えるためにバルコニィに面したガラス戸を開く。それからバス・タブにお湯を注ぐためにバス・ルームへ消える。その瞬間が部屋へ忍び込むチャンスだった。

帰宅時間も、帰ってからの行動も下調べはもう充分にできている。準備の時間はありあまるほどあったのだから……。

――亜矢子を殺そう――

そう決心したのは、五年前のことだ。

遠い昔の怨恨をいつまでも変わらずに抱き続けていたのは、なにはともあれ梨本の執念深さのせいだろうが、それとはべつに亜矢子の仕打ちも恨まれて仕方ないほどにひどかった。

あの頃の梨本は真面目なサラリーマン。たまたま社用で飲みに行ったクラブで亜矢子と知り合い、真実惚れ込んでしまった〟

つまり……主人公の名は梨本、七、八年前に亜矢子という女と知り合い、男女の仲となったが、そのあと亜矢子から手ひどい仕打ちを受けた。世間にないことではない。どれくらいひどい仕打ちであったか、それは作品の中に、こまごまと現実感充分に綴ってあるが、つぶさに記すのはやめよう。とにかく梨本が殺意を抱かずにはいられないほどひどいものだった。

しかしそこで殺人を犯したら、つまらない。有力容疑者としてすぐに捕まってしまうだろう。梨本は五年待つことを考えた。五年間、まったく亜矢子との接触を絶ち、殺人のあとの捜査が進んでも無関係の人と扱われるほど縁をなくすことに努めた。そのうえで亜矢子の生活をそっと調べ、彼女のすむマンションのバルコニィに潜んで殺害を企てた、という事情である。

さて、企み通り亜矢子は真夜中に帰宅し、バルコニィのドアを開け放ち、バス・ルームに消えた。梨本が忍び込む。そして亜矢子が部屋へ戻ったとたん（ふたたび引用をすれば）

〝ル、ルン。
電話のベルが鳴った。

梨本はあわててカーテンの陰に身を滑らせた。

バス・ルームのドアがあき、亜矢子はバルコニィのドアを閉じながら小走りに電話機に走り寄った。

「もし、もし、ああ、山さんなの。うん、今帰ったとこよ。元気よォ。ウフフフ」

声の調子から察して相手は男友だちらしい。

いや、男友だちというよりパトロンの一人かもしれない。

「あら、ホント。どこにいるのよ。あ、わかった、あそこのスナックでしょう」

梨本はカーテンのすきまからそっと覗いてみた。

「わかるわよ。ジューク・ボックスでしょ。その店、古くさい歌ばっかり流すんだもン。聞こえる、聞こえる」

亜矢子はスリップ一枚の姿で背を向けている。

化粧机の上に白い電話機があり、亜矢子は右手で電話を取っている。電話機の隣にはメモ用紙。話しながら丸椅子に腰を落とし、左手にボールペンを取って、なにやらイタズラ書きを始めたらしい。

――あいつは左ききだった――

右手で電話を握るのも、電話をかけながらとりとめもないイタズラ書きをするのも、亜矢子の癖だった。

「知らないわよ、ウフフフ。あたし、子どもだったもン。ああ、〝お富さん〟ていう歌なの。調子いい歌ね」

相手の男はどこかのスナックから電話をかけているのだろう。その店にはジューク・ボックスがあって、古めかしい〝お富さん〟の歌が流れているらしい。

「ああ、その男が昔の恋の恨みを言いに来るわけね。厭ぁねえ、イジイジして。もっとナウいのが好きよ」

「……」

「うん、いいわよ。来て。すぐに来て。待ってるから。じゃあね」

ククッと乾いた音が聞こえて亜矢子が電話を切った。

——間もなく男がやって来るらしい——

グズグズはしてられない。梨本は一つ大きく息をついてから、カーテンの陰を出た。亜矢子は頬に手を当てて、なにか思案している…。

一瞬、背後に人の気配を感じて彼女は振り向いた。

梨本が飛びかかった。

声をあげようとしたが、それよりも口をふさぐ手のほうが速かった。つけまつげの目が驚愕でポッカリと開いた。梨本は無我夢中だった。

次に気がついたときには、亜矢子の華奢な体はもうぐったりと腕の中に崩れていた。

大急ぎでハンドバッグを探った。一万円札が七、八枚ひらめいて落ちる。箪《たん》笥《す》の小引出しも次々に開いて物色した。

金品目当ての犯行と見せかける必要があった。それに……梨本自身、聖徳太子さまにはおおいに不自由している矢先だったし、言わば行きがけの駄賃としてもなにがしかの身入りがあるほうが望ましかった。

室内を充分に荒したところで、彼はバルコニィの窓をくぐって外に出た。

翌日の新聞は早くもマンションのホステス殺しを報じていた。

梨本が予想していた通り警察は金品目当ての泥棒が姿を認められて殺害した、と踏んでいるらしい。侵入口はバルコニィ。公孫樹の木を登って亜矢子の帰りを待っていたらしいことも正確に見抜いていた。

――だが、まさか五年も昔の恋の恨みとは気がつくまい――

それを思えばこそ、じっと我慢して機会を待ったのではなかったか。

「ざまァみろ」

梨本は安堵の息をつき、新聞をポンと投げ捨てた。だが……。

その日の午後になって刑事が梨本のアパートにやって来た。

手には逮捕状があった。

――そう簡単にバレるはずがない――

と、たかをくくっていた梨本も取調室に入って刑事の確信に満ちた様子に圧倒された。

——どうしてわかったのだろう？

刑事がボールペンの頭でポンポンと机を叩きながら言った。

「いい加減に吐いたらどうだ。証拠はあがっているんだぞ」

「証拠？　なんの証拠ですか」

「とぼけるんじゃない。ダイイング・メッセージが残っている」

「ダイイング・メッセージ？　なんですか、それ」

「死ぬ間ぎわに被害者が殺した者の名を書き残しておくことだ」

「まさか……」

梨本は表情を取りつくろいながら、前夜の状況を心に呼び戻した。

——そんな馬鹿なことができるはずがない——

亜矢子は首を締められ、すぐに死んだはずだった。メッセージを残すひまなんか絶対になかった。

——罠をかけているんだ——

梨本はそう考えて、かたくなに否定したが、刑事はニンマリと笑いながらメモ用紙を彼の目の前に差し出した。

「ほら、見ろ。ここに書いてある、動機も、犯人の名も。間違いなく本人の筆跡だ」

紙片には、たどたどしい筆跡で——左手で書いたらしい筆跡で——〝恋の恨み〟〝NASIMOTO〟と記してあった。

〝恋の恨み〟のほうは、すぐに見当がついた。

亜矢子は男と電話で、流行歌の〝お富さん〟の話をしていた。与三郎がお富に対して〝恋の恨み〟を抱いていたのは本当だ。

——しかし、どうしてそこにオレの名を書いたのか——

その理由がわからない。

梨本がこの奇妙な謎のわけを知ったのは、留置所の朝まだき、刑事の厳しい追及にあって、すでになにもかも白状したあとだった。

あの時、亜矢子は電話口で話しながら、いつもの癖で、心に浮かぶままの言葉をメモ用紙に記していた。

話のテーマは〝お富さん〟だった。

その名前をどうしてローマ字で書く気になったのか、微妙な心の動きは知るよしもない。

ただ、亜矢子は気まぐれに左手にボールペンを握り、左から右に〝OTOMISAN〟と記した。

それだけのことだった。

だが……なんということだ。

そのローマ字が右から左に読んで〝NASIMOTO〟になろうとは……いやサ、お釈迦さまでも、気がつくめぇ〟


あははは。いかがですか。ほとんど落語ですよね。

笑いは卑しいもの?

少し私の作品にこだわり過ぎたかもしれない。伝えたいことは……落語が笑いのストーリーとして優れたものを含んでいることはくどくど説明する必要もあるまい、日本人の国民的常識だ。そして、それが二十一世紀の小説に充分に通じうるものであること、これをあらためて知っていただきたいのだ。

その笑いの背後にユーモアが潜んでいることは疑いない。落語の創り手は職業的な立場であり、私たちが抱くユーモアとは質が少しちがうだろうけれど、やはりユーモアの持ち主であることはかなり高い確率で断言できるし、それを聞いて笑う心は、これもユーモアとおおいに関係がある。日本人は笑いを熟知し、それを賞味する習性を充分に持ち合わせていたし、この点でけっして西洋人に劣るものではない。むしろ優れていると言うべきかもしれない。

しかし、ここに〝三年に片頬〟という言葉がある。主として武士について言われたことだろう。すなわち〝武士たるもの、三年に一ぺん、片頬が揺れるくらい小さく笑えば、それで充分〟。つまり軽々に笑ってはいけない。まして大笑いなんかトンデモナイ、なのである。

武士に限らず笑いは歴史的におおむね卑しいものとされてきた。今でもこの気配は社会のそこかしこに残っている。厳しい身分制度の下では笑いは祝いごとや祭の折にみんなで享受することにしか向きにくかったのではあるまいか。

ユーモアと個人主義

ユーモアは、ごく普通な笑いを生む心情でもあるが、その深いところでは自嘲、逃避、負け惜しみ、批判、抵抗、諦観などなど心理的に弱い自分を（たとえたった一人であっても）守る自衛的な営みであり、これはやはり屈折しながらも個人の尊厳に関わっている心理なのだ。そこから生まれた小さい笑いなのだ。

そうであればこそ、これは個人の意識の確立とともに成長したのではないのか。後に述べることになるが、笑いを含んで、明らかにユーモアを感じさせる寓話を残したイソップは……イソップ物語として知られるものは奴隷の立場にありながら自己の知性を示している。イソップの時代はあまりに遠過ぎるが、ユーモア精神はどこか欧米の個人主義の確立や、抵抗運動、自己主張と深く、浅く関わっているような気がしてならない。

日本の文学では、たとえば夏目漱石《なつめそうせき》（一八六七〜一九一六）の〈吾輩は猫である〉や〈坊っちゃん〉あたりでユーモアは顕著に現れ始めたと見ることができるだろう。猫が人間社会を覗き見て、あれこれ批評すること自体がユーモア文学のパターンといってよいし、〈坊っちゃん〉は徹頭徹尾ユーモアを含んでいる。晩年の漱石には胃痛のせいもあってか暗く、厳しい作品が多く、ユーモアを見出しにくくなったが、漱石がいち早くこの方面への指針を示したことは疑いない。漱石を追って新しいユーモアも日本文学の中に繁く登場し、今日でもこの実相は顕著である。

ダメ虎を愛す

顰《ひそ》みに倣《なら》って過日、私は〈愛の分かれ道〉を綴ってみた。先にも引用したが、もう少しくわしく述べると、主人公は古くからの阪神タイガースのファンの徳さん。友人がその熱狂ぶりにあきれて

〝「あんなダメ虎をなんで長いこと、懲りもせずに応援してる？」

「しゃあない。タイガースは大阪の魂やさかいなあ」

「いくら魂でも……」

徳さんがゆっくりと顎を落として頷いた。

「俺は迷わん。愛しているからや」

「とことん愛してるんだ」

「ああ。とことん愛しとる。そやけど……」

「そやけど？」

と尋ね返すと、徳さんは胸を撫で、

「愛しとる、愛しとる」

「うん？」

「愛しとる、けど、信じとらへん」

「えっ」

「愛しとるけど、信じとらへんのやなあ」

笑ったが、頬のあたりは少し悲しそうに映った。

「なるほど、ね」

世の中には〝愛しているけれど、信じちゃいない〟〝信じていないけれど、愛している〟と、そんな心境が……そんな現実があるのかもしれない〟と頷いているこの友人にも実は〝愛しているけれど信じられない〟ガールフレンドがいるのである。

この〝愛しているけど信じられない〟という言葉自体が、大きな笑いを生むことはあるまいが、ユーモアの発露となりうるだろう。

日本文化はユニークで、すごい

ずいぶんと大げさなことを、独断と偏見で呟いてしまうのだが、日本文化は本当にユニークで、すごい。世界の文化は八十〜九十パーセントまで欧米の文化がリードし、その中に各地の文化が歴史的に地理的に散在している、と、そんな全体図が見えるけれど、その中にあって日本文化は質的に欧米文化と肩を並べるほどみごとなものを保持している。

にもかかわらず日本は歴史的に、地理的に欧米を離れた小さな島国であり、表現手段として日本語という特殊な言語をもっぱらにしているせいもあって、仲間がいない、理解者が少ない、広がりにこと欠く、などなどの理由によりいまいち実力を認められていないところがある。

たとえば文楽。世界にあれほど優れた人形劇があるだろうか。たとえば漫画、これはもうすでに世界に冠たる存在である。和服の美しさも日本料理の多彩さも工芸品の精巧さも……文学だって日本の小説が(詩歌もそうだが)その言語もろとも世界の有識者に知られたらノーベル文学賞なんていくつ取っていることか、これはけっして身贔屓《びいき》ではない。

〝をかし〟を訪ねてみよう

話をユーモアに戻して……私は〝をかし〟に注目したいのだ。

どなたもご承知だろう。

〝春はあけぼの。やうやうしろくなりゆく山ぎは、すこしあかりて、紫だちたる雲のほそくたなびきたる。

夏は夜。月のころはさらなり、闇《やみ》もなほ、蛍《ほたる》のおほく飛びちがひたる。また、ただ一つ二つなど、ほのかにうち光りて行くもをかし。雨など降るもをかし〟

千年も昔に清少納言が綴っている。レトリックのつねとして〝をかし〟が省略されているケースがたくさんあるけれど、この第一段で四季ごとの〝をかし〟を挙げ、この随筆集すべてが自然や風物を〝をかし〟と見ることで貫かれているのだ。

〝をかし〟って何だろう。

ひとことで言えば〝趣きが深いこと〟である。

ところがこの〝をかし〟が長い歳月のあいだに変化して〝おかしい〟になり、これには現在でも〝趣きが深い〟という意味がまったく失われたわけではないが、ほとんど〝完全に〟と言ってよいほど〝おもしろおかしい〟こと、と、そしてもう一つ、

「この料理、なんだかおかしいよ」

と、どこかヘンテコな意味に限って用いられている。

〝趣きが深い〟がどうして〝おもしろおかしい〟になり、〝ヘンテコな〟になったのか。

受け狙いが登場

大急ぎで述べれば（ここからがまさに私の独断と偏見に傾くのだが）〝趣きの深い〟ことがよしとされると、受けを狙う人が現れ〝目立って趣きの深い〟ことを示すようになる。おもしろおかしいこと、奇妙なことへと傾き、これが次第に人々の間で受けるようになる。〝趣きの深い〟能の舞台に狂言が登場し、これが独立していったのはよい例だろうが、ときには下俗に流れ、それはそれなりに人気を集めるようになる。笑いの文芸へとつながっていく。談林風の俳諧がその例で、

〝にがにがしくもをかしなりけり
　わが親の死ぬるときにも屁をこきて〟

などには明らかに〝をかし〟の変移が見えている。松尾芭蕉は若いころには談林風にも関心を示していたが、やがてこれを脱却。

〝蚤虱《のみしらみ》馬の尿《しと》する枕もと〟

あたりが境目だろうか。少しおかしい。しかし、この直前に（〈奥の細道〉で）越えた尿前《しとまえ》の関をほのめかし、人の世のめぐりあわせを実写したおもしろさ、ユニークな趣

きを留めている。

江戸期には明白な滑稽文学がもてはやされ〝をかし〟の変転はいろいろな方面から探究できるのだが、これは文学史の大問題、私の手に負えない。少し尻切れとんぼになるけれど、話をユーモアに移して、まさにこうした〝をかし〟の変転の中に日本人の風流と笑いと知性を折り混ぜた心の動きを見ることができるのではあるまいか。欧米人が四種の体液の存在を考え、その配合をユーモアの基として、それを知的な笑いと結びつけて発展させたと同様に日本人は〝をかし〟の変移の中にユニークなユーモア精神を育てたのではあるまいか。つまり、日本人はけっしてユーモアにうといわけではなく、欧米風なものさしで測ればユーモア不足の傾向は指摘できようがユニークな文化はユニークなユーモアを育て私たちは骨肉の中にそれを秘めている、と、私は考える立場である。

皆さん、どなたも日本人なら本源的に独自のユーモアを持っているのだ、と。

川柳と短歌に見る日本的ユーモア

平安時代の〝をかし〟の心が、ものごとの趣きの深さを尊ぶ心が、そのまま伝承されたものとして典雅な舞台芸術、能が誕生して発展した。そしてそのかたわらに、ちょっと崩れて笑いを誘う狂言が創られている。ずいぶんと大ざっぱな見方かもしれないが、このあたりに日本人のユーモアが潜んでいる、と私は思う。

趣きの深い和歌のかたわらには狂歌が生まれ、俳句が誕生すれば川柳が現れる。講談や小ばなしの隣では落語が親しまれる。優雅から笑いまで、その領域と振幅はとりとめもないが、

――ユーモアって、そんなものでしょ――

私の思案である。

落語についてはすでに触れたし、領域が広過ぎるので、川柳と短歌についてのみ、私の好みを並べて日本的ユーモアの瞥見《べっけん》に役立てていただこう。

短詩型について言えば、基は五と七の音の組み合わせなのだ。これが日本人の耳にはうまく調和する。加えてこの民族はもともと短いものが好きだったのかもしれない。

詩歌を一人で詠むばかりでなく、何人かで寄ってたかって詠む楽しみがはやり、その一つとして前句づけ……。七・七を出題され、その上に、その前に五・七・五をつける

わけである。〝斬りたくもあり斬りたくもなし〟と出題されて〝盗人を捕えてみればわが息子〟とつければよろしい。当然受け狙いが生じ、この前句の五・七・五のおもしろさが独立して川柳が生まれる。江戸中期、後に柄井川柳（一七一八～九〇）と呼ばれた男がこれをよくして独立したジャンルを創り、その名に因んで川柳と呼ばれるようになった。形式は俳句とそっくり。だが、季語を必要とせず、滑稽味を強調している。アト・ランダムに古川柳から私の好みを拾って示せば（数多の中からほんの少しを挙げてみれば）

まずは年の始めに、

〝紙屑のたまりはじめは宝舟〟

正月二日に枕の下に宝舟の絵を入れておくとよい夢を見るとか。宝舟には七福神が乗っていて、そこには〝なかきよのとおのねふりのみなめさめなみのりふねのおとのよきかな〟の回文があって、読みやすくすれば〝長き夜の遠の眠りの皆目覚め、波乗り舟の音のよきかな〟である。〝遠の眠り〟は深い眠りである。正月が終われば、ただの紙くず。こんな風俗も懐かしい。次には、

〝これ小判たった一ト晩居いてくれろ〟

昔はボーナスを袋でもらい、すぐに中身が消滅しましたよね。お金についてもう一つ、

〝愛想を尽かさぬ気だと貸さぬやつ〟

借金を頼まれ「せっかくの仲をこわさないほうがいいと思って」と言うのは貸さない人の言いぐさである。でも、これは事実。親睦が金銭のトラブルで崩されるのは、よくあること。人間関係はむつかしい。そこで

〝人に物ただやるにさへ上手下手《じょうずへた》〟

そう言えば私の父が言っていた。人に物を贈るとき〝高い物を高いとわからせて贈る〟ケース、〝高い物をそれとわからせずに、さりげなく贈る〟ケース、そして〝安い物を高く見せかけて贈る〟ケース、この三つがあるのだとか。処世術ですね。

〝知れているものを数へる泉岳寺〟

泉岳寺と言えば赤穂四十七義士の墓。ズラリと並んでいて、四十七は初めからわかっているのに、なぜか数えてしまう。せっかく訪ねて来たんだから……。話を変えて、

〝れんこんはここらを折れと生まれつき〟

確かに。適当なところに折りやすいよう節の凹みがある。ものごとにも人物にも、もともとそういう重要な特徴があったりして……。次は少々色っぽく、

〝忍ぶ夜の蚊はたゝかれてそっと死に〟

いいですね。蚊にとっては災難だろうけど、忍ぶ恋には死の気配がついているほうが誠がある、かも。誠の乏しい例として、

〝神代にもだます工面は酒が入《い》り〟

スサノオノミコトである。相手は八岐大蛇《やまたのおろち》である。酒樽を八つ用意させ、酔わせたところで、えいっ、やっ！　ちょっと飲ませて商談を進める手も、この流れだ。

〝忍ぶれど色に出《いで》にけり盗み酒〟

こっそり飲んでもばれてしまう。百人一首にもある平兼盛の歌〝しのぶれど色に出にけりわが恋は物や思ふと人の問ふまで〟のパロディ。もう一つパロディを。

〝此雪に馬鹿者どもが足の跡〟

芭蕉の〝夏草や兵《つわもの》どもが夢の跡〟から。寒い中をわざわざ出ていくこともないだろうに……。

月を見るのはうれしいわ

ところで川柳にはエロチックなものがたくさんあって……日本人の笑いにはこの要素がみごとに、あざとく、上品に下品にからんでいるので、三句だけを。

〝鷹の名にお花お千代はきついこと〟

鷹は夜鷹である。ストリート・ガールである。それが二人並んで（実際に並んで立っているわけではあるまいが）〝お鼻、落ちよ〟となると、これはわるい病気の行く末ですぞ。

〝月々に月見る月は下女安堵〟

もちろんこれは〝月々に月見る月は多けれど月見る月はこの月の月〟というさして意味もない言葉遊びのパロディだが、三番目の月が〝月のもの〟すなわちメンゼスであることにご留意。毎月毎月「ああ、よかった」と安堵しているわけである。オフィス・レディにも同じ心境があったりして……。そんな心配をしながら、

〝あれさもう牛の角文字ゆがみ文字〟

「あれ、もう」と呼び、その次は……牛の角文字は〝い〟である、ゆがみ文字は〝く〟

である。知的な配慮で馬鹿笑いを軽減しているのかも。

残った二人は怪しいぞ

歴史的に和歌が親しまれ、それが滑稽を帯びると狂歌になる。そもそもは和歌がよく詠まれた鎌倉時代から見え始め、室町以降に文芸の一ジャンルとなり江戸時代には……となるが、勉強はやめましょう。名人に蜀山人がいて、あるときお殿様の前で狂歌を詠むよう命じられた。蜀山人はうやうやしく頭を下げたあと、紙に〝四〟と書いてから、

「お題をいただきとうございます」

〝四〟と書いてから「お題をください」とは、ずいぶんと人を食った態度だ。お殿様は、

――困らせてやれ――

とばかり、

「六歌仙、六歌仙で詠め」

わざと〝六〟を与えた。蜀山人、少しも騒がず、すらすらと〝四〟の下に字を書き続けた。

〝四歌仙小用に立ったその後で小町業平なにかひそひそ〟

うまい！　六歌仙とは平安初期の六人の和歌の名人、すなわち僧正遍昭・喜撰法師・大伴黒主・文屋康秀、そしてダンディな在原業平、美しい小野小町。前の四人が立ち去ったあとであとの二人がしっとりと話し始めたとなると、これはつきづきしい。

とはいえ、このエピソード、よくできてい過ぎて多分、嘘、作り話だろう。この手のまことしやかなエピソードは……たとえば秀吉が冬、信長の草履を懐に入れて温めた、とかは、学校教育では根拠が薄いとして触れにくい。それは当然かもしれないが、私は好きである。

——多分、作り話だろうな——

そう思われながらも人口に膾炙《かいしや》するのは、おもしろいし、民衆の中にそう語りたい判断が……思いのほか正鵠《せいこく》を射ているイメージがあるからだろう。狂歌は風俗や人情をテーマとしていながら、こういう歴史のエピソードにも多く触れている。知的なめくばせがよく見られるジャンルなのだ。ほんの一端を取り混ぜて作者の名を省略して紹介すれば、

〝筒いづついつも虱はあり原や

　はひにけらしなちと見ざるまに〟

もう一度在原業平に登場願って、これは業平にゆかりの深い〈伊勢物語〉から。二十三段に〝筒井つの　井筒にかけし　まろがたけ　過ぎにけらしな　妹見ざるまに〟という有名な歌があり、井戸端で背丈を測って遊んだ妹《いも》（つまり貴女《あなた》）に会いたいな、ということなのだが、それにかけ、幼いころからいつも虱は近くにありまして（在原にかけている）見過ごしていると這いまわっていると、他意ない。学のあることをちらつかせて、それがおもしろさの身上だ。

〝物思へば川の花火も我身より

　ぽんと出たる玉屋とぞ見る〟

これは和泉式部の名歌〝ものおもへば沢のほたるもわが身より　あくがれいづるたまかとぞ見ゆ〟を模していて、和泉式部のファンからは「なんであの名歌を茶化するのよ」と怒られそうだが、これは「玉や、鍵や」と呼ぶ隅田川の花火の風景だ。学がなくともわかるのは、

〝ほとゝぎす自由自在に聞く里は
　酒屋へ三里豆腐屋へ二里〟
山里で暮らすのはやっぱり大変です。のんきに暮らすのが一番で、
〝富士の山夢に見るこそ果報なれ
　路銀もいらず草臥《くたびれ》もせず〟
路銀は旅の費用だ。まことにごもっとも。このあたりの狂歌は、みんなほのかな笑い
だが、行き着くところは、
〝たのしみは春の桜に秋の月
　夫婦仲良く三度食ふめし〟
現代の狂歌にはもっといろいろな趣向が籠められているが、日本人のユーモアの証明
として軽く古い狂歌にのみ触れて次へ進もう。

男女の情愛がうたわれた都々逸

最後にもう一つ、五・七からなる短詩型には都々逸という、捨てがたいジャンルがあ

る。とりわけ男女の仲……。これには名歌・迷歌が多い。ほんの少しだけを。

〝星の数ほど男はあれど
　月と見るのはぬしばかり〟

言われてみたいけれど、言われたときは要注意……。色の黒いのを気にかける人には、

〝色が黒うて惚れ手がなけりゃ
　山のカラスは後家ばかり〟

ブラック・イズ・ビューティフルとも言う。やたら白いのがいいってものじゃない。

〝澄んできこえる待ち夜の鐘は
　こんと鳴るのがにくらしい〟

〝こん〟と鳴るのは〝来ん〟と聞こえるから。語呂合わせですね。

〝色のいの字と命のいの字
　そこでいろごと命がけ〟

こういう厳しい恋もあれば、あるいは、

〝諦《あきら》めましたよどう諦めた

　諦め切れぬと諦めた〟

しつこいのか、淡泊なのか……。微妙です。ちょっぴりしゃれているのが、

〝傘を買うなら三本買うて
　日傘雨傘しのび傘〟

〝しのび傘〟なんて、すてきな言葉だなあ。

きわどい歌詞が多いのも都々逸の特徴だ。

〝横に寝かせて枕をさせて
　指で楽しむ琴の糸〟

と、最後に到れば無難である。

最後のしめは年配者のために、

〝七つ八つからいろはを覚え
　はの字忘れていろばかり〟

しかし、いくつになっても異性に関心のあるほうが健康長寿の秘訣とか。見苦しいのはともかく気軽に話し合える異性の友だちが二人か、三人か、四人か、五人か、とにか

く周囲に何人かいるのは真実よい生き方らしい。

駆け足で走って眺めた日本人の笑いとユーモア、歴史は長く、多彩で、知的で、猥雑《わいざつ》で、なかなかのもの、と私は思う。いかがでしたか。

第四章

西洋人とユーモア

イソップ物語はユーモアだ

人間と類人猿とでは笑いについて大きな差異があるだろうけれど、同じホモサピエンスであるならば日本人であろうと西洋人であろうと顕著なちがいがあるとは思えない。生理的な笑い、好意の笑い、おもしろおかしさの笑い、三つをそれぞれの文化や風俗の中で享受しているだろう。

しかしユーモアのほうは、もともとこれは古代ギリシャで体液をさす言葉として誕生し、四つの体液の組み合わせから人間の性格が決まる、という考えを生んでいる。その民族の持つ言葉が文化や風俗の一端を顕在化するのはよくあることで、ユーモアは根元的に西洋人になじみやすいものであり、歴史的にもなじみやすくなったのではあるまいか。

ずいぶんと古いところでイソップを訪ねてみよう。イソップはBC（紀元前）六世紀ごろの人、生まれは小アジア半島（現在のトルコ領）だったが、周囲一帯は古代ギリシャの強い影響を受けていたから、身分はギリシャ人の奴隷という立場だったらしい。知恵はあった。仲間と二人で主人の荷物を担いで旅に出たとき、イソップは重い食料を入れた袋を担当した。

「重いぞ」

「結構です」

食料は日ごとに減っていく。結局、楽をしたのはイソップだった。

いわゆるイソップ物語が本当にイソップという男によって語られたものであったか、イソップ一人のアイデアであったか、くわしいことはわかっていない。イソップ・アンド・アザース（その他の人々）の遺産なのかもしれない。

しかし、まあ、イソップが実在して、あの物語を語ったとして、ストーリーは教訓であり、ところどころに小さな笑いがあったりする。知性のかけらが輝き、

――これはユーモアだな――

と、実感させられることも多い。一例を挙げれば、

〝烏が木の上にいると、狐《きつね》、腹をすかせて下を通りかかる。烏がなにやら肉をくわえて

いるのを見て、なんとか奪えんものかなあ。木の下へ行き「これは、これは、鳥たちの中でひときわ勝《すぐ》れて気高い烏さん、黒く輝く翼は帝《みかど》のご衣装。錦《にしき》か、緞子《どんす》か、妙《たえ》なる姿。だが、たった一つ、不足があるとの噂《うわさ》も聞くわ。なにかと言えば、お声が鼻声で、はっきりしないとか。いや、ちがう、ちがう、このごろは声も朗々と歌など歌われて、みごととも聞いた。さて、一曲聞かせてほしいものだなあ」

烏はこれを聞いて、さてもとばかり「かあ、かあ、かあ」歌おうとすれば、くわえた肉がポトリ。狐は宙でくわえ取って、そのまま呑《の》み込んだ。

下心は、追従《ついしょう》を言われて信ずる者は、やがて身を滅ぼし、人のあざけりを受けること、まちがいなし〟

文中に〝下心〟とあるのは、それぞれのストーリーの末尾にそえてある解説のようなもの。これがあるせいでイソップ物語は一層教訓的な意味を強くしたが、そもそも動物たちを多く登場させていること自体がユニークであり、知的であり、おもしろさを創り出している。烏と狐のストーリーを聞いて、

――自惚《うぬぼ》れちゃいけないよ――

小さい笑いが浮かばないでもない。なべて自嘲や批判を含み、これはユーモアだろう。イソップが奴隷の身でありながら、知性をもってしゃれたストーリーを創り、主人を感心させ、批判し、抵抗したところにもユーモアの一端が感じられてしまう。

庶民の悩みは喜劇です

西洋の文化の根元に古代ギリシャがあったこと、これはまことに、まことに大きな意味を持っているが、文芸においてもイソップ物語があったこと、それがユーモア精神に満ちていたこと、これは陰に陽に、大に小に大きな影響を後の世にもたらしたにちがいない。

古代ギリシャと言えば悲劇（トラジディ）と喜劇（コメディ）の二つが形式を整え、脚光を浴びるものとなった。悲しいドラマとおかしいドラマではあるが、悲劇は王侯や英雄など立派な人物が運命的な不幸に遭遇し、それにどう対処するか、荘厳なテーマを扱うのが通例であった。一方、喜劇はもっぱら庶民のドラマである。言ってみれば、

——庶民が不運に苛《さいな》まれたって、そんなの、感動的じゃないんだよなあ——なのである。庶民はもっぱら笑いの対象であり、悲しい出来事だって嘲笑や自戒のもとであり、ここにもユーモアの批評精神が漂っている。アリストパネス（BC四四五ごろ～BC三八八ごろ、ギリシャ古典喜劇の第一人者）の有名な〈女の平和〉は、全ギリシャ女性によるセックス・ストライキにより戦争のことばかり考えている男性を禁欲で苦しめ、和平を迫る、というモチーフで創られている。欲望にはやる男キネシアスをミュリネという女性が、焦らすくだりを高津春繁さんの訳でかいま見れば、

キネシアス　さあ、子供はもう邪魔でなくなった。さあ、寝よう。
ミュリネ　いったいどこでそんなことをするんですよ、馬鹿ねえ。
キネシアス　パンの洞《ほこら》のあるところさ。
ミュリネ　そしてどうしたらまた城山《アクロポリス》に穢《けが》れなしに入れるというのよ。
キネシアス　なあに、わけはない。クレプシュドラの泉で斎戒沐浴さ。
ミュリネ　それじゃ、誓っておいて、それを破ることになるじゃないの、馬鹿ねえ。

キネシアス　偽証罪は俺が引き受けたよ。誓いなんか気にするな。
ミュリネ　それじゃベッドを持ってきましょう。
キネシアス　いらないよ、われわれには地べたでたくさんだ。
ミュリネ　いいえ、あたしはあなたを、こんな方を、地べたに寝かしたりはできませんわ。
〔と退場〕
キネシアス　あいつは俺を愛しているな、明々白々だ。
ミュリネ　〔マットレスを持って登場〕ほら、早く横になって。あたしも着物を脱ぎますわ。ちょっと待って、はてなんだっけ、そう、敷物をもって来なくっちゃ。
キネシアス　なんだ、なんだ、いらないよ、敷物なんか。
ミュリネ　だって、ほんとに裸のベッドの上じゃひどいわよ。
キネシアス　さあ、キッスしてくれ。
ミュリネ　ほら。〔とキッスする〕
キネシアス　うわはっ、はっ、たまらねえ。すぐ戻って来るんだよ。〔ミュリネ、退場〕

ミュリネ　〔敷物を持って登場〕ほら、敷物。横になって。あたし着物を脱ぐわ。だけど、はてなんだっけ、枕がないわ。
キネシアス　俺はいらんよ、そんな物は。
ミュリネ　だけどあたしはいるのよ。〔退場〕
キネシアス　だがこの一物は、おあずけをくらった犬だよ。
ミュリネ　〔枕を持って登場〕さあ、上げて、早く。〔と枕を頭の下に置く〕
キネシアス　もうこれで完全だ。
ミュリネ　完全ですって？
キネシアス　さあ、こっちへおいで、大事な人。
ミュリネ　もう帯を解いているのよ。忘れないでね、ほら、あの仲直りのことであたしをだましちゃだめよ。
キネシアス　ほんとうだとも、でなきゃあ死んでもいいよ。
ミュリネ　かけ蒲団がないわ。
キネシアス　いや、ほんとにいらないよ。それよりは実行だ。

ミュリネ　もちよ、やらしたげるわよ。すぐ来ますからね。〔退場〕
キネシアス　あいつめ、蒲団でもって俺を殺してしまうぞ。
ミュリネ　〔帰って来て〕さあ、立って。
キネシアス　もうこいつは立ってらあ。
ミュリネ　香油を塗ってほしい？
キネシアス　いや、もうほんとにいらないよ。
ミュリネ　あんたがいろうがいるまいが、だんぜん塗ったげる。〔と退場〕
キネシアス　おお、ゼウスよ、香油なんてこぼれてしまえ。
ミュリネ　〔帰って来て〕手をお出しなさい。これを取って、お塗りなさい。
キネシアス　この香油は、アポロンにかけて、ちっともよくないて。それどころか、宵《よい》待香《まちこう》で、結婚の結びの匂いは零《ゼロ》だぞ。
ミュリネ　あらあら、あたしはロドス香を持って来ちゃったんだわ。
キネシアス　これで結構。構わないよ。お前。
ミュリネ　だめだめ。〔と退場〕

キネシアス　香油の発明者め、くたばってしまいやがれ！
ミュリネ　〔帰って来て〕さあ、この瓶をとって。
キネシアス　ところが俺はほかのをもってる。さあ、こいつめ、寝ろ、もう俺になんにも持って来るな。
ミュリネ　ほんとにそうしましょう。ほら、靴を脱いでるわよ。だけど、ねえ、可愛い方、休戦するように投票してよ。
キネシアス　俺は提案しよう……。
〔と言いかけるうちに、ミュリネはすばやくアクロポリスの門内に姿を消す〕

二人は夫婦なのだが、ミュリネはストライキの主導者の一人なのだ。舞台で演じられることを考えれば、かなり卑猥な所作で観客を湧かすだろうが、全編を貫く批評精神はなかなかのものだ。悲劇が偉い人を登場させるのに対し、それとはべつに喜劇を創り、庶民の日常を身近に描くところに私はユーモアを多く感じてしまう。つまり、庶民の悩みは、みんな喜劇です、わざわざ悲劇にするほどのものではない、と、この達観というか、開きなおりというか、これがすごい。まさにユーモアでしょ？

ユーモアと詭弁

繁栄した古代ギリシャは直接制民主主義を拠りどころとしていたから……つまり志のある者が広場などで民衆に語りかけ、それにより投票などがあって政治が動かされていたから、いきおい弁舌の巧みさが肝要となる。レトリック（修辞法、文章を飾る技）は、なにしろ紙が普及していなかったから雄弁術を指していたのである。こうなると口舌で受けを狙う人が出てくる。巧みな雄弁術をヒュポクリシスと言い、これは英語のヒポクリシィになって偽善の意味ではないか。詭弁《きべん》も横行し、

「ソクラテスは人間である。しかるにコリスコスはソクラテスではない。ゆえにコリスコスは人間ではない」

などというヘンテコな理屈が語られたり、有名なゼノンの〝アキレウスと亀〟の理論がまかり通ったりする。すなわち、

「アキレウスは亀に追いつくことができない。アキレウスは、まず先行する亀のいる地

点に追いつかなければならないが、そこに達したとき亀は第二の地点へ動いている。アキレウスが第二の地点に達したとき亀は第三の地点へ移っている。第四、第五、第六……と続いて永遠に追いつけない」

なのである。

こうなればユーモアと皮一重の差、民衆の笑いを集める話術もおおいに用いられ、みんなが、

——理屈としてはおもしろい——

心の遊びや攻撃のテクニックとして詭弁が散見されたにちがいない。

ソクラテスは優れた弁舌の人であったが、結婚する弟子に対して、

「すばらしい。りっぱな妻を迎えれば、人生にこんなすてきなことはないし、ひどい妻なら哲学者になれる」

ユーモラスな皮肉も巧みであった。

あれこれ古代ギリシャ人の考えを眺めると、有名なスフィンクスの謎だって、すなわち「朝は四本足、昼は二本足、夕べは三本足で歩くものは何か。答えは人間」だって、

深刻な問いかけというよりユーモラスな問答のような気さえする。それにしても昨今、町中に（杖をつき）三本足の年寄りがやけに多くなったような気がするけれど、

「はい、あれは杖造りの業者の努力です」

本当だろうか。大正期にはステッキのはやったときがあったとか。

英雄たちはユーモラスに呟く

アレキサンドロス大王（BC三五六〜BC三二三）について言えば、〝ゴルディオンの結び玉を切る〟がおもしろい。神殿に奉納されている荷車は丈夫な綱で柱に結びつけてあった。そしてその結び玉を解く者は世界の王となる、と。簡単にはほどけない。アレキサンドロスは〝えいっ〟とばかりに剣を振るって切り解き、果せるかな世界の王となった……。英語の辞書には〝cut the Gordian knot. 強引な手段で難事を解決する〟と載っている。ちょっとユーモラス。

アレクサンドロスについては、プルタルコスがおもしろいエピソードを残している。往時の弁論をかいま見るうえで秀逸なので紹介しておこう。インド王に身方して抵抗す

る僧侶十人を捕えて大王が詰問したときのことだ。


「私が質問をする。うまく答えられなかった者から順に殺す」

一番年長の者を審判の役にすえ、

「生きている者と、死んだ者と、どちらが数多いか？」

「生きている者が多い」

「なぜだ」

「死んだ者は存在していないから」

「よし。陸と海と、どちらが大きい生き物を棲《す》まわせるか？」

次々に尋ねた。

「それは陸だ。海は陸の一部なのだから」

「一番狡猾《こうかつ》な動物はなにか？」

「いまだ人間が知らないもの。知られるようでは狡猾ではない」

「どうやってサッパス王に反抗を勧めた？」

「生きるも死ぬも、ただ潔《いさぎよ》く、と」

「昼と夜と、どちらが先に創《つく》られたか？」

「昼が一日早く」

「なぜか」

「ヘンテコな質問には答もヘンテコで当然じゃ」

「どうすれば、強く愛されるか？」

「威力を持ち、しかし恐れられないほどに」

「どうすれば人は神になれるか？」

「人のなしえないことをなせばよろしい」

「生と死と、どちらが強い？」

「生は死より強い。これほどの悪に耐えているのだから生が強かろうな」

「人は長く生きるのがよいのか？」

「死ぬほうが生きるよりよいとは言えまい」

禅《ぜん》問答のような趣《おもむき》があるが、最後に審判を委ねた者に、

「どう判ずる？　うまく答えられなかったのは、だれだ？」

「あとの者が、前の者よりわるい」

「じゃあ、一番最後に答えたおまえが一番わるい、ということだな」

「いや。最後に答えたのは王ご自身でござろう」

アレクサンドロスはこの者たちを許し、褒美《ほうび》まで与えている。


戦争のさなかにもユーモアは、知的な反抗やそれを認める心が実在していたようだ。

もう一人の武将ローマのカエサル（ＢＣ一〇一ごろ〜ＢＣ四四）も弁舌の人であり、文章も巧みで、小アジアでの戦闘ですばやく勝利したとき、友人に送った手紙は〝来た、見た、勝った〟（ヴェニ、ヴィディ、ヴィキ）と簡潔にして頭韻を踏み、愉快である。長い歳月ののちフランスの作家スタンダール（一七八三〜一八四二）が模して、自分の生涯を〝書いた、愛した、生きた〟と要約した。笑えることではないが、私はユーモアを感じてしまう。

イエスのユーモア

飛び石を飛ぶように古代のビッグ・ネームに触れ、ここはやっぱりイエス・キリストに登場してもらわねばなるまい。

だがイエスにユーモアがあっただろうか。これが悩ましい。

イエスの言動は新約聖書としてマタイ、マルコ、ルカ、ヨハネ、四人の弟子によって伝えられている。内容に多少の差異はあるが、なにしろ弟子たちの記述なので師なる神の子イエスについて軽々しいことは書けない。笑いは軽く不まじめに取られる気配がないでもなかった。聖書の中にイエスのユーモアを端的に見出すのはむつかしい。

しかしイエスはあれだけの知性を持ち弁舌に巧みな人だったのだ。ユーモアがなかったとは考えにくい。弟子たちが見なかったか、見ても記さなかったか、ひたすら生まじめなイエスばかりを綴ったのではあるまいか。

それにイエスは、たとえ話を綺羅《きら》星の如く語っているのだ。それが少し笑いながらであれば……ユーモアの発露であった可能性はすこぶる高い。マタイ伝の7－6ではこう言っている。

〝真珠を豚に投げてはならない。それを足で踏みにじり、向き直ってあなたがたにかみついてくるだろう〟

わからない奴にいいものを与えても意味がないと説いているのだ。たとえ話の真意を解さない人にユーモアをほのめかしてもつまらないと考えていただろう。

もう一つべつなエピソードを取り上げれば、ユダヤ人のあいだで税金問題がわだかまっていた。税金を支配者なるローマに払うべきかどうか、イエスの敵たちが、イエスに問いかけたのである。もしイエスが「払わなくてよい」と言えばローマへの反逆となる。「払う」と言えば民衆の心がイエスから離れる。マタイ伝の22-18以下にこう伝えている。

〝イエスは彼らの悪意に気づいて言われた。「偽善者たち、なぜ、わたしを試そうとするのか。税金に納めるお金を見せなさい」彼らがデナリオン銀貨を持って来ると、イエスは「これは、だれの肖像と銘か」と言われた。彼らは、「皇帝のものです」と言った。すると、イエスは言われた。「では、皇帝のものは皇帝に、神のものは神に返しなさい」彼らはこれを聞いて驚き、イエスをその場に残して立ち去った〟

私の素人考えでは（神学にうとい立場では）イエスはまともに答えていない。この〝皇帝〟の像はカエサルでローマの支配者なのだから、あえて言えば「ローマに税金を納めなさい」とも聞こえるが、カエサルはもうとうに死んでいた。カエサルに返すことはできないし、この言葉の意味はすこぶる曖昧だ。〝神のものは神へ〟も、わかったような、わからないような……しかし、相手を煙に巻くのには役立ったらしい。きっぱりと啖呵《たんか》を切り、詭弁的ユーモアかもしれない。

イエスは神への信仰を説いたのだろうか。私の耳におもしろおかしく響くのは、同じくマタイ伝の14－25以下にガリラヤ湖のエピソードが綴られている。

〝夜が明けるころ、イエスは湖の上を歩いて弟子たちのところに行かれた。弟子たちは、イエスが湖上を歩いておられるのを見て、「幽霊だ」と言っておびえ、恐怖のあまり叫び声をあげた。イエスはすぐ彼らに話しかけられた。「安心しなさい。わたしだ。恐れることはない」すると、ペトロが答えた。「主よ、あなたでしたら、わたしに命令して、水の上を歩いてそちらに行かせてください」イエスが「来なさい」と言われたので、ペトロは舟から降りて水の上を歩き、イエスの方へ進んだ。しかし、強い風に気がついて怖くなり、沈みかけたので、「主よ、助けてください」と叫んだ。イエスはすぐに手を伸ばして捕まえ、「信仰の薄い者よ、なぜ疑ったのか」と言われた。そして、二人が舟に乗り込むと、風は静まった。舟の中にいた人たちは、「本当に、あなたは神の子です」と言ってイエスを拝んだ〟

巧みな論理、とも言える。信仰があれば沈まないのだ。沈むのは信仰が薄い証拠だ。かくて私たち、みんな（ペトロですら）信仰がまだ足りないのである。もっと努力しなさい、なのである。ユーモアを含んだ秀逸な論理であり、詭弁と言えばみごとな詭弁だろう。

もっともこのエピソードが私にとってことさらにおかしいのは……イスラエル観光の道すがら、こんな話を聞いたから。

〝ガリラヤ湖の遊覧船は料金が高いという評判もあって、お客が文句を言うと、船頭が

「イエス様が歩いて渡られたところですから」

高貴なところゆえ料金の高いのも当然ということらしいが、

「なるほど。こんなに料金が高くてはイエス様も歩いて渡るわけだ」〟

と、おあとがよろしいようで……。

サービス満点のシェイクスピア

ヨーロッパの歴史の中にユーモリストを訪ねたらきりがない。多過ぎる。一気に千五百年ほど飛んでシェイクスピア（一五六四〜一六一六）を考えたが、この人もむつかしい。〝千の心を持っている〟とかで、いろいろな人がドラマに登場する。四大悲劇、すなわち〈ハムレット〉〈マクベス〉〈オセロ〉〈リア王〉は笑いにくい。もちろん喜劇もあって〈十二夜〉〈空騒ぎ〉〈お気に召すまま〉が代表格、三大喜劇と呼ばれているようだ。あえて一つを選べと言われれば〈十二夜〉だろうか。実際に舞台を見るチャンスがあったら、これは見ておいて損のない演《だ》し物だ。

シェイクスピア喜劇を代表してストーリーを紹介すれば（要約はずいぶんとむつかしいのだが）船が難破して生き別れになった双子の兄妹、セバスチャンとヴァイオラ……。見知らぬ国に上陸したヴァイオラは男装をして、ここを治める公爵のもとに仕えることになる。この公爵は伯爵の娘オリヴィアに恋しているのだが、なんと、男装のヴァイオラが公爵に恋し、オリヴィアは男装のヴァイオラに恋するようになる。この入り乱れた関係が起こす勘ちがいとトラブルがドラマの主筋で、もう一つ脇筋があり、オリヴィアに仕える執事で自惚れ屋のマルヴォーリオをやんごとない者たちがからかい、懲らしめるというドタバタ劇が絡んでいる。「そんな馬鹿な」という人ちがいにもこと欠かない。

いったいに喜劇に限らずシェイクスピアのドラマは、いろいろな人へのサービスが行き届いているのだ。〝生か死か、それが問題だ〟（〈ハムレット〉より）なんて充分に哲学的な台詞があってインテリゲンチュアを喜ばせたと思えば〝恋はまことに影法師、いくら追っても逃げていく。こちらが逃げれば追ってきて、こちらが追えば逃げていく〟（〈ウィンザーの陽気な女房たち〉）などと、しゃれた警句でお客を楽しませる。得意技の一つが、舞台が深刻になったときには平土間のあたりにたむろしている下衆な連中を喜ばすため卑猥なジョークを飛ばす。〈ロミオとジュリエット〉では乳母がジュリエットの世話に余念がなく大忙し。〝私はお嬢様のお楽しみのため汗だくだく、でも日が暮れればお嬢様が夜のお楽しみで汗だくだく〟と、まあこれなどまだおだやかなほうだろう。ほとんどのドラマでせつない恋の告白があり詩歌も美しく楽しい。

〈十二夜〉もその通り、とりわけここでは（ほかのドラマでも似たようなものだが）言葉遊びがしばしばで、しゃれはもちろんのこと比喩や大げさやトンデモナイ理屈まで多種多様で、このおもしろさも大きな魅力となっている。しゃれは日本語に訳すのが大変だ。〝知恵が枯れたんなら、酒を注いでサケサケと言やあ花が咲くだろうし、ふしだらならそんなのはイケンと意見すりゃあなおる〟とこれは小田島雄志さんの訳からだが……原文と対比すると随所に苦労が偲ばれて、

――ご苦労さまです――

なのだ。

しかし原文は（小田島さん始め多くの翻訳者にわるいけれど）もっと巧みでおもしろいだろう。言葉遊びを原文よりうまく訳するなんて……不可能なのだ。日本語でわかるものを探せば〝頭にしまりがない上に財布の口にもしまりがないんだから〟は対句がちょっとおもしろい。屁理屈がおもしろい例は（男二人の会話に省略を交えて引用すれば）

〝「おい、友だちじゃないか、その手紙を見せてくれよ、頼む」

「こっちにも頼みがあるんだが、きいてくれるかい？」

「なんでもきくぞ」

「この手紙を見せてくれと頼まないでくれよ、頼む」

「なんだい、それじゃあ犬の子をやるからそのお礼に犬の子を返してくれと頼むようなもんじゃないか」〃

いたるところに言葉のジャブが飛び交っている。

恋の喜劇は一目惚れがよい

もちろん〈十二夜〉のストーリーはストーリーとして波乱万丈、先に述べたように男女双生児の入れちがいのほか、にせのラブレター、自惚れる男たち、美男と美女は会ったとたんに一目惚れ……小説では（現代の小説家として言うのだが）なぜこの男とこの女が親しくなったのか、そのプロセスの説明にそれなりの知恵が必要で、手間もかかるのだが、ここでは、そういうややこしいことは幕の外で進行するのか、舞台に登場したときは恋心はつねにポッポと燃え始めており、たとえばヒロインの一人ヴァイオラは、

「公爵はお嬢様を愛し、男で女のあわれなこの私は公爵に夢中になり、お嬢様はかんちがいして女で男の私に首ったけ。いったいどうなるのだろう？ 私は男だからいくら公爵をお慕いしても望みはない。また、私は女だから——ああ、なんということだろう——お嬢様がいくら溜息をついてもそれはむだ！ このもつれた糸は私の手にあまるわ。ああ、時よ、おまえの手にまかせるわ、これを解きほぐすのは」

と、つまり猫がネズミを追い、その猫を犬が追い、その犬を人が追う、といったふうな恋のトラブルがトントンと手際よく示されて、つきづきしい。恋を喜劇として楽しむにはこれがいい。

そして、もうひとこと、音楽が（歌が）絶妙で、これも小田島さんの訳を借りて、

おいらが子供であったとき、
ヘイ、ホウ、風吹き、雨が降る、
わるさは笑ってすまされた、
雨は毎日降るものさ。

おいらが大人になったとき、
へイ、ホウ、風吹き、雨が降る、
ごろつきゃ閉め出し食わされた、
雨は毎日降るものさ。

おいらが女房もったとき、
へイ、ホウ、風吹き、雨が降る、
ホラを吹いても食えなんだ、
雨は毎日降るものさ。

おいらが寝たきりになったとき、
へイ、ホウ、風吹き、雨が降る、
酒飲みゃ酒飲んでいたもんだ、

雨は毎日降るものさ。

この世のはじめは大昔、
ヘイ、ホウ、風吹き、雨が降る、
それでも芝居はおしまいだ、
おいらは毎日笑わせる。

道化が明るく歌って〈十二夜〉の終幕となり、このあたりでシェイクスピアのユーモアについても筆をおこう。

スウィフトの真っ黒なユーモア

ここでまた五十年ほど年月を飛んでJ・スウィフト（一六六七～一七四五）に登場していただこう。言わずと知れた〈ガリバー旅行記〉の作者であり、これは子ども向けのストーリーとして親しまれているが、本来は（略称で示せば）〈小人国渡航記〉〈大人国渡航記〉〈空飛ぶ国など渡航記〉〈馬の国など渡航記〉の四編から成り、その第一編が子ども向けに創られ普及した、という事情である。全編を通して、まったくの成人向け、風刺のきいたユニークな作品集と言ってよい。この名作にユーモアが満載されていることは疑いないが、ここでは名作とはべつに長いタイトルの、短いエッセイを紹介しておこう。これは〈貧民救済法〉などと略記されることもあるが、正しくは〈アイルランドの貧家の子女が、その両親ならびに祖国にとって重荷となることを防止し、かつ社会に対して有用ならしめんとする方法についての私案〉である。

——りっぱなエッセイだな——

と思って読み出すと、たちまち、

——おい、おい、おい、正気かよ——

となる。

要約すれば……スウィフトの生まれ故郷ダブリンの町を歩くと乞食や飢えた子どもが、どれほど多いことか。治安は乱れ、貧しい子どもはゆくゆく泥棒になるか他国へ身を売るか、ろくな未来が待っていない。そこでスウィフトは提案する。貧乏人の子は満一歳まで育て、そこで食料として役立てればよい。そうすれば、この子たちが成長するのに要する多くの費用を節約し、ろくでもない人間を社会からなくし、治安をよくし……かくて満一歳の赤ん坊はとてもよい肉料理となり、育てた親はそれまでの育成費用が二シリング、売値は十シリング、八シリングの儲けとなり、これが生活のたしになり、悪しき堕胎の防止にもなるだろう、などなどと細かく分析してある。夏目漱石がこれを読んで、「真面目とすれば純然たる狂人である」と評したらしいが、もちろんユーモリストの漱石は真意を見抜いたにちがいない。

スウィフトが少し狂った人格であったのは本当らしいが、この論文のモチーフはまじめもまじめ、大まじめ、故国アイルランドの窮状は目を被うばかり、おためごかしの貧民政策が採られるばかり。

「本気でやる気があるなら、これくらいの覚悟でやれ」

現状はこの提案より残酷で、ひどいものじゃないか、と裏返しの批判なのだ。まさしく黒いユーモアであり、これは否定的なユーモアで肯定を促す、というすこぶるレベルの高いエッセイと見るべきだろう。ユーモリストはときにはこんな論法を操りたいものだし、これはやはり成熟したヨーロッパの文化が生んだもの。日本ではここまで黒いユーモアはなかなか見当たらない。スウィフトのこのエッセイは、これによって〝一文の金を儲けようとしても私には赤ん坊はない。末っ子は九歳になり、妻はもう子を生める年ではない〟と私利利欲のない(ような)訴えで終わっているが、これ自体が嘘っぱち、彼自身六十歳を越えていたし、正式な妻を持たなかったたし、子もなかった。

――全部嘘ですよ――

と全体が韜晦《とうかい》のユーモアなんですね。

西洋の映画の台詞を楽しむ

趣きを変えて映画の世界……。

昭和二十年代から四十年代にかけての外国映画、とりわけフランス、イタリア、アメリカ、イギリスなどなど欧米の映画には、本当に本当に、心を揺さぶられる名作がたくさんあった。ストーリーもみごとだが、俳優たちが囁く台詞がまたすばらしい。

――いいね――

と思っても、それをきっかりと記憶に留め、後日に思い出すのは厄介だ。現実にはむつかしい。

ところがここに和田誠さんの編んだ〈お楽しみはこれからだ〉全七巻（文藝春秋・刊）があって、これが楽しい。数多の映画について入念に名場面、名台詞を、和田誠さんのすてきなイラストレーションともども紹介している。図書館へ行けば、古書店を探せば、見ることができるだろう。西洋の映画制作現場にはギャグマンとか呼ばれる専門家が、つまり気のきいた台詞を考案する人がいて、名台詞はその成果でもあるとか。ここ百年くらいの西洋人のユーモアを知るのに、これほどすてきな資料はない、と私は思う。いくつかを紹介しよう。

〝「ゆうべどこにいたの？」

「そんなに昔のことは憶えてないね」

「今夜会ってくれる？」

「そんなに先のことはわからない」〟

映画は〈カサブランカ〉。ニヒルの権化のようにふるまっているハンフリー・ボガー

トが女につれなくしているのだ。読者諸賢の中には、

「覚えている！」

と膝を打つ人もあるだろう。

次は、これも男女の会話で
〝「君はとてもいい匂いだ」

「私は香水をつけてないわ」

「洗いたてのハンカチのようだ」〟

と、映画は〈サンセット大通り〉。和田さんの感想として〝将来ぜひとも使ってやろうと思っていたが、ついに実現しないまま嫁を貰ってしまった〟とか。結婚してからでも使えるでしょう？

次は結婚している夫婦。映画は〈グレン・ミラー物語〉

〝「あなたは愛してるって言ってくれたことがないのね」

「そんなこと知ってると思ってた」

「女はそれを聞きたいものなのよ」〟

日本人が不得意の分野である。少しく年を取っても、なにかうまいこと言ってみましょうよ、男性の皆さん！

次も人生の大問題。映画は〈ジャイアンツ〉

〝「お金がすべてじゃないわ」

「持ってる人はそう言うんです」〟

わるくはないが異論もある。一の台詞はむしろ持ってない人がよく言うのではあるまいか。お金というものは、女性とよく似ていて「好きです好きです好きです」と叫んでいる人のところへやって来るのだ。「べつに」なんて呟いていては、お金も女性も近づいては来ない。ちがいますか。

次は私たちもときに利用できそうな台詞を。

〝「大きな声を出さないで」

「私は線路のそばで育ったんだよ」〟

『ジプシー』というミュージカルの台詞らしいが、そこにはさまざまな事情があるとして、これは私たちの日常で使える。線路のそばで育っていようと、いなかろうと……昔は線路なんてたいてい近くにあったものだし、声のでかい男にはふさわしい。

最後に〈絹の靴下〉の劇中歌から。

〝「今の映画にスタアはいらない。テクニカラーでシネマスコープで、立体音響であればいい」〟

なんて、まったくの話、昨今の映画、この傾向が強過ぎるんじゃあるまいか。昔が懐かしい。

六つの例を挙げたが、これは全七巻の〇・五パーセントくらい。一巻でも見つけて読んで、そう、本当に、お楽しみはこれから、ですね。

ユーモアと個人主義

もう一つ、ユニークな古本を紹介しよう。三浦一郎さんの〈ユーモア人生抄〉(現代教養文庫・正続二冊)か〈世界史こぼれ話〉(角川文庫・全六冊)。どちらでもよい。似たような内容である。これも図書館あるいは古書店を頼りにするところだ。

三浦一郎さんは西洋史の専門家、長らく大学で教鞭を執っておられたが、そのかたわらで歴史上の人物の言行をまことにおもしろく、短いエピソードとしていくつもいくつも綴っている。言葉のおもしろいものを選び、生没年をそえ、並べてみよう。

〝晩年クレマンソー（一八四一～一九二九）は政界から隠退したが、その放言、酷評癖はあいかわらずだった。ある人が「最低の議会人は誰か」ときくと、「最低最悪の議会人を見つけることは困難だ。やっと見つけると、もっと悪い奴がまたすぐ見つかるんでね」〟

これは日本の政治家にも使える。

〝やせっぽちのバーナード・ショウ（一八五六～一九五〇）と、同じ作家だが太っちょのチェスタートン（一八七四～一九三六）があるとき会った。チェスタートン「きみを見るとイギリスは今ききんだと思わざるをえないね」ショウ「うん、そしてそのききんを君が一人で起したと誰も信じるよ」〟

こういう組み合わせは周辺にいますね。

〝王侯のように暮したデューマ（一八〇二～七〇）も晩年には中風の上に貧乏だった。女中が「金貨一枚と小銭五、六枚しかありませんよ」というとデューマ「パリに出て来

た時持っていた金と同じじゃないか。おれは浪費家だという噂だが、五十年間に一文もへらしてないぞ」〃

お金はあの世へ持っていけるものではないし、帳尻は合っている。

〃ある人がジャン・コクトー（一八八九〜一九六三）にきいた。「あなたは運命というものを信じますか」コクトー「もちろんですよ。運命を信じなければ、きらいないやらしい奴が成功するのを説明できないじゃありませんか」〃

本当だ。あんな奴がどうして成功するのか、と思う日があります。

〃ある客間で二つのものをくらべて、その差異を機智的にいう遊びがはじまった。女主人が「わたくしと時計のちがいはなんでございましょうか」というと、作家のフォンタトーネ（一八一九〜九八）「時計は時間を思い出させます。あなたは時間を忘れさせます」〃

実際にヨーロッパのサロンあたりでこういう遊びがおこなわれたらしい。言葉とユーモアを培うのに役立つ。友人、知人を褒めるとき「時計は時間を思い出させるけど、あなたは……」と言えば、それでいいのだ。

最後にもう一冊、アンブローズ・ビアス（一八四二〜一九一四？）の〈悪魔の辞典〉

に触れておこう。ビアスは優れた短編小説家であったが、このユニークな一冊のほうがよく知られている。いろいろな言葉を辞書のように並べ、辞書のように説明しているが、その説明が辛辣無比で、おもしろい。図書館、古書店はもちろんのこと新刊でも入手できる。古典的な名品だ。私好みを三つだけ挙げよう。

〝老齢（AGE）〔名詞〕　すでに犯すだけの冒険心が持てなくなっている悪徳を悪しざまに言うことによって、いまだに失わずに持っている悪徳を棒引きにしようとする人生の一時期。

平和（PEACE）〔名詞〕　国際関係について、二つの戦争の時期の間に介在するだまし合いの時期を指して言う。

宗教（RELIGION）〔名詞〕「希望」と「恐怖」を両親とし、「無知」にたいして「不可知なもの」の本質を説明してやる娘〟

こんな調子で五百語くらいが説いてある。他は推して知るべし。こういうアイデアの辞書は西洋にはいくつか散見され（日本でもある）それぞれに知的な観察が籠っており、瞥見《べっけん》の価値がある。こんなところにも言葉を通して示されるユーモアが見られ、そこには批判精神や自己主張がある。日本人の笑いとは少し異なる、小さいが鋭い笑いが浮かび、深いところに〝自分〟が……つまり個人主義の気配が漂っているように私は思うのだが、読者諸賢は首肯されるか、どうか。

第五章　いつも心にユーモアを

悲しい酒は飲まない

美空ひばりさんは、

〽ひとり酒場で飲む酒は……

名調子で〈悲しい酒〉を歌っているけれど、私は悲しい酒を飲まない。飲んでしくしくと泣くことはしない。

若いころからそうだった。年を取ってからは意図的に悲しい酒、苦しい酒を飲まないように努めている。

つまり、悲しいことがあっても飲む前に解決して、

——これで、ま、いいか——

ふんぎりをつけ、それから悲しまずに飲む。

もちろん悲しいことが、そう簡単に取り除けるわけではない。だが、悲しいことは、どう考えてみても、やっぱり悲しいのだ。そうであればこそ、

——仕方ないか——

と、あきらめる。けりをつける。忘れてしまう。少なくとも今日は忘れて、なにか楽しいことへと思案を移し、そう、それから酒を飲む。このあたりでユーモアが、ものを多角的に考えることが役立つ。まるいものでも見ようで四角、なにかべつな気晴らしがあるはずだ。

「失恋したんだって」

「まあ……」

「男と女がいるだろ。男は女のこと好きじゃない。女も男のこと好きじゃない。これはまるで駄目だ。男が女を好いてても女は好いてない。これも駄目だ。逆に女が男を好いてても男が、好いていない。これも駄目だ。男が女を好きで、女が男を好きで、このときだけ初めていい関係になる」

「ええ」

「つまり四通りあって、四分の一しかいいことはないんだ。うまくいかなくても仕方ない。しかし四分の一はうまくいく。チャンスはまだある」

ばかばかしいと笑うかもしれないが、このくらいに考えるのがいい。

悲しみとは異なるが、ほかのトラブルもとりあえず、現時点での対策を考える。

――明日あの人に相談してみよう――

だれか目下の問題によいヒントを与えてくれる人がいるだろう。いなくてもなんとか頼ってみよう。あるいは、

――ここは頭を下げて謝ろう――

誠心誠意、謝るより仕方のないときもある。

――思いきって……明日やるぞ――

とりあえずあなたの決断を心に盛り上げてみる。

いよいよ困ったら、

――今日は考えない。よく眠って明日考えよう――

酒が好きなら酒でも飲んで、歌が好きなら歌でも歌って、落語が好きならCDでも聞いて、なにかしら心のほぐれることをして、ぐっすり眠るのがよい。

なにかしら決断をして、いったんそのトラブルを（一夜だけでも）棚上げにして、明日べつな角度も交えて、あらたに考え直すのだ。

ユーモアにはモラトリアムがある。エバジオンがある。モラトリアムは執行猶予だ。しばらく決断をせず手を置いて待つことだ。エバジオンは逃避である。困ったときにはとりあえず逃げておくのである。

下世話な話だが、ギャンブルで大きな損失をするパターンは決まっている。少し負けたとき、それを取り戻そうとして、また負ける。中くらいの負けを取り戻そうとして、さらに大きく負ける。負けの連鎖が雪だるまのように膨らんで、どうしようもない負債を作ってしまうのだ。負けたときには、まずストップだ。そこでやめて、べつなことを考える。これが大切らしい。人生もギャンブルに似たところがないでもない。悲しい酒を飲み続けてはいけない。

酒とはべつに私の祖母が言ったことを思い出す。

「悲しい人が来たときは、なんか食べさせるんだよ。すぐに……。あんパンとか、クッキーとか」

親戚のB子が失恋をうちあけに来たときには、すぐさまミカンを食べさせたとか。しくしく泣いていたのが、ミカンに手が伸び、皮をむき一ふさを口にふくみ、嗚咽が止まり（物理的に嗚咽と咀嚼はいっしょにできないね）ミカンの半分がなくなるころには泣きやんで、やがて悲嘆は治まったとか。

ポイントは気をそらすこと。悲しい酒はいけないが、悲しいミカンや苦しい菓子はわるくないかもしれない。

決断は55と45のあいだ

決断はなにかしら毎日ある。

コーヒーにするか、お茶にするか。散歩に出るか、テレビを見るか。魚を食べるか、肉にするか。本を読むか、電気を消すか……。

もちろんもっと大きな決断も時折生ずる。

健康診断を受けるか、少し先延ばしにするか。投資信託はどのコースを選ぶか。腹が立つとき怒るか、我慢するか……。

いろいろなケースが考えられるが、これもユーモアを抱いて……つまり多角的に合理を求めるのが大切ではあるまいか。

Aを選ぶか、Bを選ぶか。

Aを選んだとき、プラスが90、Bを選んだときプラスが10、こんなときに私たちはけっして迷わない。これが80と20でも迷わない。おそらく70と30でも迷うことなく、70のプラスを選ぶだろう。60と40で怪しくなり、結局、本当に判断に迷うのは、Aならばプラスが55、Bならばプラスが45、このくらいの結果が予測される情況で、私たちは本気で迷うのだ。

もしかしたら本当に迷うのは、51と49、どちらがよいか僅少差のとき、だから迷うのである。加えて、どちらがプラス51なのか、プラス49なのか、その判断さえぐらつくから迷うのである。

「当たり前のこと、言うな」

と怒られそうだが、ここでユーモア精神は、

「もう一度だけ多角的に考えてみてください」

と囁きたい。

配点ミスがあるかもしれない。55と45と思っていたが、考えようで60と40に変わるか

もしれない。

それでもやっぱり55と45くらい、いや、51と49の微差だというのなら「えい、やっ！」とお決めなさい。あなたのやりたい道がどちらかなら、そっちを選ぶ。これが大切だ。決断の強い身方は、あなたの意思なのだから。そして、それもわからなければ運を天にまかせて……コインを投げて表裏、それで決めるのも結構、どの道、考えたすえ、どっちがよいかわからないことだったのだ。あとは後悔しないこと。結果に心を委ねること。それが大切だ。

運命の神様のくせを見抜く

この世に幸運と不運とがあるのは明白だが、さいわいなことに運は天下のまわりもの、運のよいこと、わるいこと、長い目でトータルに見れば公平に作用するはずだ。私はと言えば、

「つり銭を数えたことないな」

「不足してたら損だろ」

「そんなわるい人、いないよ」

「でも、向こうがまちがえることがあるから」

「まちがうとしたらつり銭を多くまちがうこともあるわけだろ。多くまちがうのと、少なくまちがうのと確率的には同じ。一生を考えれば、得も損も帳尻は合うと思うんだがなあ」

と、かなり呑気なほうである。

つり銭はともかく運命とのつきあいも、こんなふうにユーモラスに考えるのが得策。

さらに言えば、

「運命の神様は忙しいからな。あいつに幸運を与えた、こいつに不運を与えた、それくらいは覚えていても、どのくらいの幸運だったか、どのくらい不運だったか、中身は覚えていない。与えたことだけ覚えているから、小さな不運をもらったときは〝次は大きな幸運だぞ〟と期待すればいいんだ」

なのである。

因みに言えば、私は麻雀で大負けをした翌日、直木賞受賞の栄誉を受けた、そんな幸運にめぐりあった体験を持っているのです。

――ちょっとした不運くらい、むしろ歓迎ですぞ――

次はきっと大きな幸運だ。順番を信じユーモア精神で立ち向かうのは、いかが。

療養所だって役立つ

健康はなによりも大切だ。

私は二十歳のころ肺結核の診断を受け、長期の療養生活を送った。よい薬が普及しており、充分な治療の結果、健康を取り戻すことができたが、もっと前の発病だったら死んでいただろう。このとき、

――仕方ないな――

と思い療養所で無聊《ぶりょう》を慰めるためにひたすら本を読んだ。朝から晩まで、ただおもしろいから、おもしろいものだけを読んだのだが、これが後に小説家になるのに少なからず役立った。

療養所では三カ月ごとにレントゲン写真を撮ってもらい、主治医が、

「ああ、化学療法がきいているね」

すわ退院かと思いきや、

「もう三カ月、様子を見ましょう」

そして三カ月後、

「ずいぶんよくなってる」

「退院ですか」

「いや、いや、もう三カ月」

これをくり返すこと五回、退院を許されるまで一年六カ月、大学を二年休学してしまった。

友人たちが見舞いに来てくれる。A君やB君が、

「留学するつもりだ」

「新聞社へ入る」

将来の夢を語る。

——ああ、そうか——

見えてくるものがあった。みんな学生というゼロの位置から将来に向けプラス1、プラス2を企て、それを実現しようとしている。それに比べて自分は少し病気がよくなったとしても畢竟《ひっきょう》それはマイナス2、マイナス1からゼロへ向かうことでしかない。悲しかったが、同じことを三カ月ごとにくり返しているうちに、いくらうらやんでも——私がA君やB君になれるわけではない——

自分の置かれた状況から少しでもよい方向へ進むよりほかにない。当たり前のことをしみじみと覚った。

——他人を羨《うら》んでもつまらない。人生にあまり大きな希望を抱くまい——

生きているだけでも、めっけもの、悟りのようなものを抱いたのは本当だった。ユーモア精神に含まれる諦観、諦《あきら》めの心はこのときしっかりと培われたのかもしれない。

大病なんて罹《かか》らないほうがいいにきまっている。しかし私は肺結核で長い療養生活を送らなかったら、今とはべつな人生を歩んでいただろう。

長い人生にはきっとマイナスの時があるだろう。多少のマイナスを深く悔やむことはないし、それをどう過ごすか、それでプラスが生じたりする。私について言えば療養生

活でたくさん本を読んだこと、人生にある種の諦観を抱いたこと、そしてもう一つ、健康について、

――医学は信じてよいものだな――

すなおに医師の言葉を聞くようになった。

人間ドックは自己診断のため

人間ドックには四十年くらいずっと続けて世話になっている。そこで示された忠告は、かなり実直に守っている。つねに的確な注意を受けていると思えないこともままあるが、

――無駄ではないだろ――

人間ドックに入ったあと、二～三カ月は健康によい模範生活を送るほうに傾く。なによりも自分が自分の健康について少しくらい気をつけるようになる。

私は現在(八十三歳だが)狭心症の診断を受け、冠動脈にステントを数本入れている。日常の生活に格別の不自由はない。

だが狭心症の強烈な発作を体験したことはなく、初めは息切れだった。数年前、階段

を四、五十段上ると、息が切れる。年齢を考えれば特別なことではないかもしれないがなんとなく（長年自分の健康を気にかけてきたせいだろう）

——病的だな——

と感じ、呼吸気科の診察を受けたところ、

「呼吸器じゃありません。心臓でしょう」

と循環器科を勧められ、

「狭心症ですね」

と手術を受けることになったのである。

息切れと同時に（虫歯もないのに）奥歯が痛むことも多かった。心臓の不調は胸の痛みだけではなく拡散痛というのがあって腕、腰、腹など離れたところが痛んだりするらしい、奥歯もその一つらしい。

——私のは、それだ——

確信を抱き、冠動脈の手術をしたあとも、つまり現在の日常生活において奥歯が痛んだときは、

――警戒警報だな――

と思うことにしている。歯医者さんにも伝えているが、歯科医は広くこのことを毎日の診断の知恵としているだろうか。

私的なケースを長々と書いたが、人間ドックに入り、これだけを頼りにするのではなく、それをヒントに自分で自分を見つめることの大切さを多角的思考を尊ぶユーモアの知恵として伝えたかったからである。

昨日できたことは今日もできる

朝起きてすぐ体操をやる。ラジオ体操のようなもの。屈伸運動など脚を伸ばしたまま両掌を床につけることもなんとかできるが、これは四十年来、朝の体操を続け、四十代では軽く両掌が床についた。それ以来、ほかの運動も、

――昨日できたことは今日もできるだろう――

と、この考えを固持して続けている。年齢とともに少しずつつらくなる運動も〝昨日できたんだから今日もできる〟と信じ、事実、その通りできるのだ。合理と言えば合理

だろう。今日は明日の昨日になってどんどん続き、今現在まで同じ運動を相当に不恰好になっているだろうけれど、延々無事に続けているのだ。ここで叫びたいのは、ほかのことでも、

「昨日できたことは今日もできる」

老齢へと進むなかで、どこまで続けられるか……。しかし現実はその通り昨日できたことはたいてい今日もできるはずだ。この理屈は、この信念は尊い。

体操のあとに二十分、二千歩くらいの散歩。木高い茂みの中を、

――オゾンがあるぞ――

と信じて歩く。歩きながら今日の予定、それから昨日〝悲しい酒〟を飲まずに先送りしておいたことなどを考える。あれこれ考えることがユーモアを養うのによい。

眠れない夜に数えるもの

不眠症ではないが、年を重ねるにつれ眠れない夜はある。布団の中ではあまり思い悩んだりはしない。べつのことを考える。

子どものときから思い起こして、

——いいな——

と思った女性のことを考える。そう多くはない。三十分を超えない。不眠の時間を潰すわけにはいかなかった。

次に都道府県の二番目に大きい都市を頭の中に列挙してみた。一番目は……県庁の所在地は思い出すまでもなく知っている。なにをもって二番目とするかはむつかしいが、二番目くらいのところ、北海道なら函館か旭川、それでよし。青森県は弘前かな。岩手県は、えーと、二戸市だろうか。宮城県は意外と厄介で気仙沼市とした。こうして沖縄県まで探って、その土地へ行ったことなど思い出すうちに眠ってしまい、これは半年くらい眠れない夜に役立った。

それから小倉百人一首を全部思い出してみようと企てた。子どものころからなじんでいるのであらかた覚えているけれど、一つ一つ漏れなく頭の中に浮かべるのは、

——あれ？　これはさっき挙げたかな——

紙に書くのならともかく頭の中に並べるのはむつかしい。眠るより先に厭になってし

まう。これはいつのまにかやめてしまった。

〈源氏物語〉についてエッセイ風の小著を書いて出版したので、これを契機に各帖を……すなわち桐壺、帚木《ははきぎ》、空蟬《うつせみ》、夕顔、若紫、末摘花《すえつむはな》……五十四帖まで並べてみた。ちょっと苦労したけれど、おおむねうまく列挙できるようになり、これは、

――えーと、こんなストーリーだったな――

と、世界に冠たる古典をいつまでも忘れずに思い出すのに役立っている。

〈源氏物語〉の各帖についていて自信がついたところで、次はいろはカルタに挑戦。犬も歩けば棒にあたる、論より証拠、花より団子、憎まれっ子世に憚《はばか》る……四十八枚をすべて覚えるのは厄介だったが、これもおおむね良好。時々、

――えーと、キはなんだったろう――

べつな格言を思い出したりして困惑したが、不眠対策にはよい。いつのまにか眠ってしまう。これがすっかりクリアーできて、スラスラ浮かんでしまい不眠対策に役立たなくなったら、次はなんとしよう。思索をめぐらしている。

同窓会あれこれ

年を取ると同窓会、同級会の誘いが多くなる。そんな気がする。

——みんな昔の仲間が懐かしくなるのかな——

参加してみると、人相風体こそ変わっているけれど、人柄など中身は昔の印象を残しているケースが多く、おもしろい。そして、

——この人は、こういう人生を送ったのか——

と感じ入ったり
——この女《ひと》は、やっぱりこう生きたんだなあ——

と納得したり、見えてくるものが……まちがいかもしれないけれど、一つ、二つ、三つ、あったりして思案を深めてしまう。

ところで……同窓会のたぐいは誘われたら行ってみるのがよい。

いや、いや、これがむつかしい。行ってみるのがよいのではなく、正確には、行けるのがよい、だろう。

私の経験から言うのだが、そして、おそらく正鵠《せいこく》を射ていると思うのだが、同窓会や

同級会は基本的に、今の自分の生活にとりあえず満足している人が集まってくる。現状をよしとする人の集まりなのだ。

病気の人、体調のすぐれない人は、まあ、現れない。仕事や家族にトラブルのある人も呑気に顔を出すわけにはいかない。絶好調というわけにはいかないが、とにかく、

——俺、まずまずかな——

ほどのよい生活状態の人が来るのである。

だから同窓会に来る人はよい、なのであり〝行くように努めなさい〟は（あまりよい状態ではない人に勧めるのは）そんなによくないのである。今年は参加できなくとも〝来年は行けるよう、頑張りましょうね〟という勧めならそんなにわるくない、なのだ。

あなたは、どうですか？

かくて〝それなりにわるくはない〟と自負している集まりをながめていると、

——なにが幸福な人生なのか——

ほのかに見えてくるような気がする。

早い話、いい大学へ入った人、よい会社に就職した人、やたらにもてた人……若いこ

ろに栄光をえた人が必ずしも幸福な人生を送っているとは言えないのだ。もちろん若い日の栄光をそのまま生き抜いたような人もいるし、あまり梲《うだつ》の上がらないまま年取った人もいる。

しかし同窓会で〝まあ、わるくはなかった〟と集まってくる人は、おおむね、確かに〝まあ、わるくはない〟人生を、その人なりに生きて、その通りわるくない、のである。

――人生、こんなもの――

どう生きたって、そこそこに幸福な最後を迎えられれば、もって銘すべし。あえて言えば、これがユーモア人生なのだ、と私は思う。

ユーモアはけっして過大な欲を抱かない。無理をせず、ほどほどのところに満足を見出し、少し笑い、少し悲しみ、ときに逃避し、自嘲し、心理的に自分を守りながら大きな陥穽《かんせい》や絶望に陥ることなく、困難の少ない人生をほどよく生きるこつ、それを知っている心なのである。同窓会で、

「年を取ると金がかからないって言うけど、嘘だねえ、まったく」

笑いながら呟いているのがよいのである。

あるいは昔のガールフレンドに、

「すこーし好きだったんだけどなあ」

セクハラ一歩手前の粉をかけてみるのもわるくはない。

偕老同穴を知っていますか

私の妻の慶子は子育てを終えた五十代に自分にできる好みの仕事を見つけて、

――本気でやってみたい――

と考え、試行錯誤のすえ朗読をさぐり当てた。

カルチャー教室で学び、しかるべき指導者に師事して三、四年、初めは日本点字図書館の朗読員として少しずつこの道を探った。

夫の私としては、

――なにをやるのかな――

とながめ、次第に、

――なるほど、こういうことに挑戦しているのか――

と納得した。

点字図書館の朗読員は、依頼があれば各分野の本を読まなければならないが、妻は、

――文学をやりたいの――

と小説を意図的に読むようになった。私の作品をラジオや図書館で読んだり、CDに録音したり……そのうちに私があちこちで講演するのを見て、

「いっしょに舞台で読めないかしら、あなたの作品を」

二人で舞台に上り、妻が私の小説を読み、私がそれに因んだ話をする。各地に赴き、ロスアンジェルスやニューヨークまで足を延ばした。さらに本格的に〝朗読21〟の会なる小さなグループを作り、年次公演をおこなうようになった。主宰者は一応私自身である。私としては〝朗読を通して短編小説の魅力を伝える〟をモットーとした。

〝朗読21〟は二十一世紀の誕生の謂《いい》であり、ずいぶん長いこと続けているからトラブルもあったし、会の運営や人事をめぐって言い争いもあった。

――こんなこと、辞めちまえ――

と思ったこともあったが、なんとなく思案をめぐらし、寄りそう道を選んだ。

夫婦のことはむつかしい。百組あれば百通りの事情がある。一概に述べることはできない。

それでもあえて私見を綴れば……男性は定年を迎えたあと（生業を離れたあと）どう生きるか、五十代から考えたほうがいい。女性も晩年をどう生きるか、それなりに思案をめぐらしたほうがよいだろう。

そして老後は夫婦仲よく暮らすのが一番、なによりすばらしいのである。人生の幸福、ここにあり、だろう。長年いっしょに過ごしてきたのだから、あえて不具合を見つけて乖離《かいり》に傾くことはない。小異を捨てて大同につくこと、

――ふーん、そんな考えもあるな――

多角的に考え、よいほうへ、よいほうへと日々、妥協を図るのだ。人間関係は、なにも夫婦関係ばかりではなく、なべてこちらが相手を〝いい人だ〟と思って接すると相手はいい人になって（見せて）くれるものだ。逆の道を……わるい人だと思ってわるくなられる道を選んではなるまい。夫婦はせっかく長くなじんだのだから、偕老同穴……私はこの言葉が好きだ。ユーモアはうまい言葉を教えてくれる。

偕は〝ともに、いっしょに〟の意。いっしょに老い、そして同穴、同じ穴に葬られるのが夫婦の定め。そこそこの喜び、そこそこの諦観、いかめしい言葉がなんとなく納得させてくれる。

納得できなければ……さらに多角的に考えるよりほかにない。どんどん老いるにつれ、ますます偕老同穴が究極の真理であり、人それぞれにふさわしい幸福なのだ、と思う。

毎朝、鏡を見て周辺の美化運動

朝起きて、まずトイレットへ行く。小用をすませ、すぐに洗面所の鏡に向かって、おのれの顔を映して、見つめる。

——うーん——

心理はちょっと複雑……。

——いい男だなあ——

なんて、それは、ない。ありえない。

筑波山に産する四六のがまは、おのれの姿を四面に張られた鏡に見て、あまりの醜さに恐れをなしタラリタラリと油汗を流し、それを煎じたのが切り傷やできものに効くがまの油の妙薬、ということだが、まあ、そこまでひどくはないけれど、香具師《やし》の口上をときどき思い出したりはする。

まずは健康状態……。元気のあるなしが少しわかる。髪をかきあげ、

——ま、いいか——

そこそこの〝見てくれ〟であることをいつも願っている。今のところ年齢のわりにはおおむね、

——そこそこ——

と頷いている。

人は鏡に映るとき、なにかしら意識をして表情を引き締める。いい顔を作ろうとするか、多少は飾るところがあるようだ。だからみずからを鏡に映した顔は他人が普段見ているより少し（本当に少し、だろうが）上等に見えるのだとか。〈白雪姫〉の継母も「鏡や、鏡、世界で一番美しいのは……」とずいぶん意識をして鏡を覗くわけだから、おのれが見ている顔が、日ごろの容姿よりよく映るのは当然で、白雪姫は、

「そんなにきれいじゃないわよ」

と思ったにちがいない。

閑話休題、正直なところ、私としては鏡の中に醜い爺《じい》さんを見たくはないのだ。毎朝、見つめるのは、

――少しはよくありたい――

というひたすらの願いである。毎朝見て気にかけていれば、少しはよいのではないか。いじましい習慣である。

「いい年をして見栄を張る気なの？」

と言われそうだが、見栄ではない。いやいや、いや、見栄が含まれていることは疑いない。ありていに言えば、

「見栄でしょ、やっぱり」

否定ができない。

ただ、あえて言えば、

――周辺の美化運動のため――

いや、いや、いや、美化というより醜化をほんの少しでも防ぐため。大上段に構えて言えば町に醜い爺さんや婆さんが溢れないために、年配者は少しく努力をすべきではないのか、社会奉仕の一環、そのくらいの気分を抱いている。どうせ長くは果せる努力ではない。すでに失敗しているかもしれない。

髪は……、

――薄くなったなあ――

これも仕方ない。そもそも私の家系は髪の薄い遺伝子を持っているのだ。〝薄い〟などというなまやさしいものではない。つまり、その、禿《はげ》の家系なのだ。

私は五人兄姉の末っ子だが、父の頭に髪の毛があったのを知らない。正確には、〝爪皮〟型というらしく、後頭部とこめかみあたりには髪があるのだが、てっぺんが満月のように明るい姿である。父についてはそれしか知らなかった。昔、昔のあるとき心配になり一番年上の姉に尋ねてみたが、姉も、

「私もよく知らないわ」

と、おぼつかない。さらに心配になり、母に尋ねたところ、

「結婚したときは少しあったわねぇ」

遺伝子の力に逆らうのはむつかしい。

それでもそんな父に比べれば、私は少し生えてる、と言えなくもない。子どもたちには、

「一代でだいぶ改良したんだぞ」

胸を張っている。

髭剃りと胃薬

遺伝子の力には逆らえないが、鏡を見たあと、髭《ひげ》を撫でる。これはてっぺんとちがってなぜか毎日りっぱに伸びるのである。病気のときなど少し伸ばした……というより伸びるままにしたこともあるのだが、どうもみっともない。きれいに生えそろってくれない。そのうち黒と赤茶と白の三色になる。

「雄の三毛は貴重なんだぞ」

猫じゃあるまいし、自慢にもならないことをほざいたりしている。

が、とにかくみっともないから……外出の日にはもちろんのこと、在宅の続くときも三日に一ぺんくらい剃る。蒸しタオルで温め、簡易かみそりを使い、あとはシェービング・ローションで拭く。簡易かみそりは刃物である。年に一、二度くらい傷をつけ、血を流す。

「電動のほうがいいんじゃない」

と言われるが、刃物のほうが快い。

「これが好きなんだ。若いときからずっとかみそりなんだ」

「肌が荒れるでしょう」

ここには……屁理屈がないでもない。なべて人間の体は適応性と怠けぐせにさらされているものなのだ。早い話、胃がわるいからと言って胃薬を飲み続けると、胃袋は、

――楽ちん、楽ちん――

本来の仕事を怠って、薬に頼り、怠けるようになってしまうだろう。多少の痛みくらい我慢していると、

――仕方ないか――

適応して丈夫な胃袋となる。

兼ね合いのむつかしいところだが、こういう原理はきっと人体に備わっているはずだ。ならば髭剃りも同じこと。かみそりは肌を傷つけ、肌荒れを起こしかねないが、二十歳のころから慣らしているから大丈夫。ローションだって、ないならないでかまわない。

「だから面の皮が厚いのね」

これは……気の弱いところもあって、そう厚くはない。

シェービングの道徳

高校生のころ、多分オルダス・ハックスリー（一八九四〜一九六三）のエッセイだと思うのだが、〈オブ・シェービング・モラル〉というエッセイを英語の授業で読んだ。そのタイトル通り髭剃りについて書いたものである。中身はあらかた忘れたけれど、先生が「モラルって言うけど、道徳ってほどのものじゃない。まじめに考えたこと、くらいかな」と笑っていた。これだけを覚えている。髭を剃りながら、まじめにあれこれ考えていたのだろう。

これが記憶にあって私も髭を剃りながらまじめに（不まじめも混ざるけれど）いろいろ考えてしまう。獅子文六《ししぶんろく》（一八九三〜一九六九）の小説に（これもなんという小説か忘れてしまったけれど）奥方を中心に女たちがお茶の間に集まり、亭主が髭を剃るときの顔が、鼻をつまんだり、ひょっとこになったり、普段の威厳がどこにもありやしないと大笑いしている描写があった。髭剃りのときの顔つきは確かにヘンテコではあるけれど、

――昔の主人はそれが特別なこととして笑われるほど普段はいかめしい顔をしてたんだな――

と、このほうが驚いた。今は洗面所でどんな顔をしていようと家族たちに笑われたりはしないだろう。

なにはともあれ、鏡は見たほうがいい。日常的な自己検証。私の〝オブ・ミラーリング・モラル〟である。

褒める喜び

十数年前から人を褒めることを、ほんの少し心がけている。

きっかけは大学で客員の講師を務め、二クラス百人ほどを受け持ったが、終わってみると十数人。一年間を通しての、皆出席者がいた。

――よくも、まあ、私の雑談みたいな授業につきあってくれて――

と、うれしく思った。

すべてに出席したからと言って、それを成績に反映させるつもりはなかった。

――しかし、わるいことじゃない。りっぱと言えば、りっぱ――

褒めたいと思った。

このごろこの世の中、人を批判し、文句をつけることにはとても熱心だが、褒めるほうはいたってけちである。もう少し褒めてもよいではないか。けちをつけるのと同じくらい褒めるほうにもエネルギーを使ってもよいでないか。そんな気分があって皆出席者全員に私の著作を一冊、喜びの手紙とともに贈った。

数日後、十数人のほとんどから礼状が届き、そこにはこのごろの学生にしては充分に礼に適った日本語が綴られていて、

——やっぱりちゃんとした連中なんだ——

と納得した。

おいしい手紙だったが、とりあえず彼等も喜んでくれたらしい。

——よかった——

これを機に褒めるチャンスがあったら遠慮なく褒めようと（実行率は六十パーセントくらいだが）決めたのである。

褒められるのは、うれしい。文筆を生業としていて作品を褒められるのは一番うれしいことだ。

現実には、褒めてはもらったけれど、

——へぇー、こんなとこ褒めるの——

と拍子抜けをしてしまうケースもあるし、褒めてはいるんだけれど、

——これ、リップサービスだね——

ずいぶんと軽いケースもある。それでもうれしいのだから、ちょっと恥入ってしまう。

これとはべつに、しみじみと、こっちがここを褒められるとうれしいと思っている、

まさにそこを見事に突いている批評にあうとこれはもうその日一日が、一週間が、一カ月が明るくなってしまう。さらには、こっちは意識していなかったが、言われてみると、

――うん。そういういいところもあるな、確かに――

どんどん自惚れが増して、これも最高にうれしい。少し心配になる。が、まあ、とにかく褒められてうれしいのは当たり前だが、ならば、

――この喜びをほかの人にも広げたい――

むしろ自然な思案であり、まことに、まことに結構毛だらけ、猫灰だらけ、尻の穴まで笑ってる、なんて馬鹿らしいことを言ってみたくなるほどだ。

かくて少しずつ、少しずつ、六十パーセントほどの努力をしているわけだ。すると、

――褒めるのも、うれしいな――

こっちの気分もよくなって、これも健康法の一つ、なにを褒めようか、と考えると、これが多角的な思考をうながすし、微笑を誘い、ユーモアに通じてくる。

不満よりも賞賛するエネルギーを使う

いっとき話題になったことだから、ご記憶のむきも多いだろう。相撲の地方巡業の土俵上で挨拶を述べていた市長が卒倒した。観客の中に緊急手当てに心得のある女性医療者がいて、土俵に駆け上がって手当てを始めた。数人が取り囲む。場内放送があって「女性は土俵に上がらないでください」と、しつこくくり返していた。

相撲協会の対応がおおいに批判され、話題となったが、私が注目したのは一番初めに駆け寄った女性の医療者が（おそらく場内放送は耳に入ったと思うのだが）たじろぎもせずに手当てに専念したことだった。相撲協会の放送を詰《なじ》った声は高く、多かったが（それはそれで当然のことと思うが）それとはべつにこの医療者を褒める声は乏しかった。私にはあまり多くは聞こえなかった。

――ちがうでしょうが――

相撲協会への批判と同じくらい（つまり同じエネルギーで）この女性への賞賛があってしかるべきだろう。

彼女は……取材をしたわけではないので正確にはわからないが、いかに「女性は土俵に上がらないで」と叫ばれても、それが倫理的に、あるいは法的に咎《とが》められることであっても「私は医療者としてこれをやりぬきます」とそんな意思があるように私には感じられた。

これこそ褒めるべきことですね。この社会に生きることについて自分なりの責任を持つ、という人間として、とても大切な認識の現れと思った。

——褒めたい——

と願ったが、まさか私の著作を一冊贈ったって迷惑かもしれないし、不遜なような気もするし、とりあえずこの出来事の直後の講演会などで快事として、限られた聴衆に訴えた。

これではたいした効果ではない。テレビのコメンテイターでもやっていたなら、もう少しましなことができただろうに……。

そこで、今、この本の、このページに綴って、

「すばらしかったですよ」

おおいに褒めているのである。皆さんもいっしょに褒めてください。褒めることにけ

ちをしないでください。いろいろと不満の多い今日このごろ、苦言を呈するのと同じくらいのエネルギーで褒めようではありませんか。

少年の日を生き直す読書

やっぱり年老いてからの楽しみは読書である。少し前までは仕事のため、ややこしい研究者や読みたくもない本を読まなければいけないこともあったけれど、もう平気、平気、好きな本を好きなときに読んでいっこうにさしつかえない。こんなにうれしいことはない。

そして今日このごろ、新しく発見した喜びがある。これが真実すばらしい。

それは、古い本とのめぐりあいである。大喜びするためには、多少の条件があって……若い日に愛読した本、しかし、それっきり忘れていた。まるっきり忘れたわけではないにしても、ずっと手にしていない。もちろん読んでもいない。愛読書だから断片的には記憶しているところはあるけれど、とにかく遠い日の出来事なのである。

それを五十年ぶり、六十年ぶり、まのあたりにして再読する。

――こんな本だったよなあ――

と懐かしいのは当然だが、読んでいると、母の声が聞こえる。「高、ご飯ですよ」とか。窓からは西日がななめに射して、畳の上に四角い黄色が映える。遠い山にはまだ白い雪が残っていた。鳥たちが飛んでいく。

――明日は日曜日――

父が魚釣りに連れていってくれるはずなんだけれど、

――大丈夫かな――

ちょっと心配になる。

つまり昔、昔、その本を読んだときの私自身の生活が……生活とともにいる私自身が本のページのすみから蘇ってくるのだ。すると……若い日をもう一度生き直すのである。これがえも言われずすばらしい。わくわくして真実胸が躍る。

数年前、村上元三（一九一〇～二〇〇六）の〈佐々木小次郎〉を再読したときがそうだった。おのれの剣に頼るよりほかにない美男の若武者、最後は宮本武蔵に敗れる宿命の中でどう生きるか、高校生のころ、同時に制作された映画と重なって勉強も忘れて楽しんだものだった。六十余年を隔て、たまたま古書店で文庫本を発見して購入、ぺらぺらとページをめくった。大坂城に留め置かれている小次郎は恋人に会うため、ぜひとも城を脱出したい。だが監視の眼は厳しい。折から城主の御前で舞芸を演じ終えて城を去る出雲のお国の一座を知って、

〝「出雲のお国どの」

呼びかけて、小次郎は、

「武士が一期《いちご》の願い。そなたたちと共に、城を出しては下さらぬか」

真剣に、いきなりそういった前髪立の相手を、お国は、びっくりしたように見ていた。彫りの深い、若いときの美しさが、そのまま年と共に、枯れた墨絵のような美しさになって残っているお国の顔に、やがて、しずかな微笑が浮んだ。

「ほう、お城を出たいとは、なぜに」

「恋人に会わねばなりませぬ。それも、時を争う場合。いま会えねば、いのちをかけた恋、空しくなる」

率直に、懸命に、小次郎はいった。

「恋人に」

つぶやいてからお国は、年には似合わぬ若々しい光を帯びた眼で、じっと小次郎を見ていたが、

「恋のためとあれば、わたしも、いやという気にはなれぬ。いっしょにおいでなされ。とがめられたら、その時のこと」

と、すぐそういってくれた。

「かたじけない」

小次郎は、女役者たちのあいだにすべり込んだ。ほかの男女の思惑を気にしているゆとりはなかった。前髪立の男のような姿をした女役者のなかで、自分の肩衣に大小が目立たずに済めばよいが、と思う一方、いざとなったら駆けぬけても、と小次郎は覚悟をした。

「さあ」

とお国は荷をかついだ小者が追いつくのを待ってから、桜門のほうへ向った〟

と小次郎は首尾よく脱出するのだが、もちろん私は文章までは覚えていない。が、小

次郎が「武士が一期の願い」として呟き、みずからもいくつかの恋をしたであろう美しい老婆が、「恋のためとあれば、いやという気になれぬ」と危険な助けを承認するくだり、これが頭の片隅に残っていた。

——そうなんだ——

あのころ、私にも会いたいガールフレンドがいて……駅前のポストのところで偶然会って、そのまま、言葉を交わせずに別れてしまった。折からの祭の行列がにぎにぎしく町を通り抜け……甘酸っぱい風景がみごとに甦ってくる。

性に目ざめるころ

お話変わって昭和の初め、平凡社の堂々たる出版物〈世界裸体美術全集〉全六巻は、恥ずかしながら中学生であった私の淫らな欲望に応えてくれるものだった。〈裸のマヤ〉や〈鉄鎖のアンドロメード姫〉など胸をときめかせたものだった。思春期の驚きがほのかに残っていたのだが、数年前、この画集を古書店で見つけて入手し、懐かしいのなんの、りっぱな画集であり、扇情的なものではないし、印刷も今日ほど鮮やかではな

いし、

——よくこれで興奮したなあ——

とも思ったが、背後には性に目覚めるころのくさぐさが潜んでいるのだ。

そう言えば、過日、こんな短句を綴った。

　齢《よわい》八十ペニスを見つめる

うまい下手はともかく、この画集とこの句のあいだに長く複雑な男の人生が伏在して

いることは確かである。

こんなことを考えていると脳裏に子どもの声が……仲間の声が聞こえてきた。

「ギンチャンノオーツ、ギンチャンノーツ」

辞書を引いても正しい意味はわからない。多分……ギンは銀ヤンマである。チャンも

ヤンマである。雄と雌だろう。雄はとりわけ美しい。二匹がつながって青空の下、麦畑

の上を高く飛んでいく。〝ノオーツ〟は〝の、つながり〟の略だろう。つまり〝ギン、

チャン、ノツナガリ〟を長く伸ばして呼んでいたのだと思う。トンボ採りの目玉だった。

一番の収穫だった。私は一度も採れなかった。

すると、急に、

――あのころ読んでいたのは〈珍太郎日記〉だった――

と思い出す。

往時、ユーモア作家として親しまれた佐々木邦（一八八三〜一九六四）の〈珍太郎日記〉は私の愛読書だった。長年めぐりあっていない。

――図書館へ行って探してみよう――

二日後に借りることができた。

大人社会を観察する珍太郎

〈珍太郎日記〉は、いわば漱石の猫に替って、珍太郎なる利発で小なまいきな少年が社会を観察し、揶揄《やゆ》しているのだ。久しぶりに対面し、

――漱石よりおもしろい――

連載の一回目で、すでに記憶に残っているところがある。少し長い引用をお許しあれ。古い文字使い、これは佐々木邦に替って、お許しあれ。

叱られたことばかり書くようで具合が悪いけれど、乃公《おれ》は今日はお父さんに叱られた。昨日も書いた通り、お母さんの言うところに依るとお父さんは洪ちゃんのところのお父さん同様非教育的な家庭の暴君だ。家のものに非教育的と銘を打たれるくらいでいながら外へ出ると職業は教育家だから驚いてしまう。尤もお父さん自らは乃公《おれ》は教師だけれども決して教育家じゃないと言って始終責任を免《まぬが》れようとしている。しかし乃公の見るところによるとお母さんの非難も正しく、又お父さんの否定も間違っていない。例えば子供に不都合のあった場合、お父さんは先ず目の玉の飛び出るほど呶鳴りつける。これが甚だ非教育的だ。しかし少時《しばらく》すると生れ更《かわ》ったように穏かになって諄々《じゅんじゅん》と条理《じょうり》を解き懇々と訓戒を授けてくれる。これが頗る教育的だ。初めは真正《ほんとう》に酷い親父だと思うが、後では成程どう考えても乃公が悪いのだと合点が行く。最初はグッと反抗心を起すが、最後には和解の必要を感じる。乃公は今日も丁度この公式に従って叱られたのだ。

昼過ぎに乃公《おれ》はお茶の間の炬燵《こたつ》に入って「少年倶楽部《しょうねんくらぶ》」を読んでいた。するとお母さんは小姉さんが少し熱があるからお医者さんを迎えに行って来ておくれと言った。乃公もあの時「はい」と言って屑《いさぎよ》く立ってしまえば宜かったのだが、外は寒い風が吹いていたし、炬燵の中は居心《いごころ》が好かったし、それに面白い冒険譚《ぼうけんたん》を読みかけていたしするものだから、つい眉を顰《ひそ》めて鼻を鳴らした。

「厭《いや》なのですか?」

とお母さんが稍々《やや》甲高《かんだか》い声で念を押した時、乃公は妙に度胸が据ってしまって、

「ええ」

と答えた。そうして平気で雑誌を読み続けていた。

ところへ子供を叱ったり煩さがったりしながら真底《しんそこ》は人一倍に子煩悩《こぼんのう》なお父さんが二階から下りて来て、

「俊子は何うだ? まだお医者さんは来ないのか?」

と性急《せいきゅう》に訊いた。

「未だ迎えに行かないのです」

とお母さんが答えた。

「何故早くやらないのだ？」

とお父さんが急き立てた。

「珍太郎《ちんたろう》は行くのが厭なのでしょうよ」

とお母さんが稍《やや》々《や》躊躇《ちゅうちょ》しながら云った。乃公はこんな険悪な形勢になることが分っていたら疾《と》うに出掛けたものをと後悔したが、最早晩《もう》かった。お父さんは炬燵の側へツカツカと進んで来て、

「おい、珍太郎、姉さんが病気なのにお前は医者を呼びに行くのが厭なのか？」

と咬《か》みつくように言った。

「行って来ますよ」

と乃公が答えた。

「行って来ますよじゃいけない。よの字は余計だ。厭やだったり煩さがったりするものだから、よの字をつけるのだ」

とお父さんは語学の先生だから直ぐに言葉の咎め立てをする。

「行って来ます」

「早く行って来い！」

乃公《おれ》がお医者さんへ一っ走りに行って帰り、又炬燵に寝転んで読書を続けていると、お父さんが又二階から下りて来て、

「珍太郎、行って来たかな？ 手の明《あ》き次第に見えるって？ うむ、宜し宜し」

と何時の間にか態度が一変していた。乃公が起き直って謹んで坐っていると、雑誌を頤《あご》で指して、それは何だいと訊いた。「少年倶楽部」ですと答えると、「少年倶楽部」は何程《いくら》だいと又訊いた。乃公は二十三銭ですと言った。するとお父さんは、

「二十三銭でその雑誌が買えるのだね。それならお父さんがお前に二十三銭上げたら、お前はそれで紙を買ったり活版を買ったりして自分でその雑誌が拵《こしら》えられると思うかい？」

と尋ねた。乃公はお父さんが何故こんなことを訊くのか分らなかったが、二十三銭どころか百円貰っても乃公の手一つでこんな雑誌は出来るものでないと思った。お父さんは尚《な》お語を継いで、

「お前が二十三銭でその雑誌を買えるのは種々《いろいろ》の人のお蔭だよ。能く考えて御覧。その雑誌を拵えるには何人の人が掛っていると思う？　第一その紙を製造するには山から材木を切り出す人と運んで来る人がある。材木を切るには何年か前に植えた人がなければならない筈だ。山から切って来た堅い材木をそういう真白なスベスベした紙に拵え上げるまでには、製紙工場で何人の手を経るか分らない。実に大変なものだ。それから印刷の方も植字《しょくじ》をする人が要《い》る。否、その前には活字を拵《こしら》える人がなければならない。又活字の材料になる鉛を地面から掘出す人も入用《にゅうよう》だ。印刷する人——印刷するにはインキが要る。これも自《ひと》然《りで》には出来ないよ——製本する人、否々《いやいや》、未だ原稿を書く人や口絵だの挿絵だのを描く人がいなければ駄目だ。その目次を見ても大勢の名前が出ているだろう。こういう風に雑誌一冊がお前のところへ届くまでには何百人何千人の手を

通って来るのだよ。言い換えればお前は何百人何千人のお世話になって初めてその雑誌が読めるのだ。この大勢の人は特別にお前の為めに骨を折る積りではないのだが、製紙、活版、製本等を職業としている以上はこういう風にして他《ひと》の役に立たなければ暮らして行けないのだ。人は皆《みんな》夫《そ》れぞれ他の役に立って初めて生きてゆく丈けの報酬が貰えるように出来ている。何人《だれ》も決して一人ぽっちではやって行けない。唯雑誌一冊を例に取ってもこの通りだから、お前は能く考えなければ駄目だよ。その他喰べる物につけても着る物につけても毎日毎日何千人何万人の世話になっているのだから、出来る御用なら喜んで他の為めにしてやらなければ罰が当る。殊に姉さんが病気の時に医者を迎えに行くのが厭やだ等とは飛んでもない心得違いだよ。この間のお前の病気の時にもお前は随分姉さんに面倒を見て貰っているよ。分ったろうね？　人は他《ひと》の役に立たなければ暮らして行けないように出来ている。厭やでも応でも然ういう約束になっているから仕方がない。これを忘れてはいけないよ」

乃公《おれ》は成程と思った。お父さんの説法に感心してしまって先刻《さつき》呶鳴りつけられた時には口惜しくて仕様がなかったが、最早《もう》腹の中で悉皆《すつかり》仲直りをしてしまった。それでお医者さんが来て小姉さんの診察が済んだ時には乃公は自ら進んでお薬取りに出掛けた。前に迎えに行った時は空が曇っていたようだったが、今度は日本晴れのような心持だった。そうして薬瓶を提げながらこの薬は一体何人のお世話になっているのだろうと思った。第一にあの久保医学士のお世話になっている。第二にあのお世話になっている。第三に――第三は誰だろう？どうも心当りがない。第一に医者、第二に薬剤師、第三は欠員として二人限りは甚だ心細いなあ。お父さんだと何百人何千人にするのだが、乃公は理窟が拙いから二人でお仕舞いだ。これでは迚《とて》もお父さんの後継ぎにはなれそうもない〟

という具合。珍太郎はよい子でもあるのだ。そして大人の世界をしばしば立ち聞き、覗き見している。

あのころ私も夜中にふと目をさまし、父母の話す声を襖越《ふすま》しに聞き、

「高は橋の下で拾ってきた子だし……」

「よい子に育ってくれると、いいんですけど」

そんな話をしているのではあるまいか。あのころが蘇ってくるのだ。少年の日を、この読書により生き直すのだ。

楽しいですよ。

昨今の気楽な日々の一こまである。

第六章　言葉の知恵

ユーモアは言葉によって外に現れる。よい言葉を知ることはユーモアに通ずる。言葉が豊かであれば考えも豊かになり、多角的なユーモア精神を培ってくれる。あれこれと雑多に、そう、多角的に言葉を持って知恵としよう。

以下は折々に感じたいろいろな言葉である。

絶島に投げ出された。が、生きている

イギリスの作家ダニエル・デフォー（一六六〇～一七三一）が書いた世界的なベストセラー小説〈ロビンソン・クルーソーの生涯と冒険〉は、今、どれほどの人に読まれているのだろうか。

まあ、あらすじはたいていの人が知っているだろう。無人島に流された男の苦難と克服のストーリーだ。ただの冒険譚《たん》ではなく、神を信じ、創意工夫をもっぱらにして、文明論にまで及んでいるところがおもしろい。

さて、このロビンソン・クルーソーが孤島に漂着したとき、彼は自分の置かれた状況について、冷静にマイナスとプラスの対照表を作っている。会計の帳簿の借方と貸方と

を対比させるのと同じやり方だ。

その一行目は、わるいこととして〝救出される望みもない絶島に投げ出された〟が、よいこととして〝ほかの船員はみんな死んだが私は生きている〟である。次には〝世界中で私だけが隔離されてしまった〟〝が、私にだけ神の救いがあった〟とマイナスとプラスを対比させる。さらに〝孤独に耐えねばならない〟〝が、食べ物はある〟。〝着る物がない〟〝が、熱帯地方だから、ほとんど着なくても平気〟。そして〝野獣から身を守るすべがない〟〝が、ここには恐ろしい野獣がいないみたい〟そして、もう一つ〝頼るべき仲間がいない〟〝が、海岸には必要な品が流れ着いて来る〟。

目の前にあるわるい条件に対して、一つ一つそれを補うことを書き出し、みずからを慰め、鼓舞している。けっしてマイナスに圧倒されない自分を明らかにしている。

逆境に陥ったときに多かれ少なかれだれしもが心の中でおこなうことかもしれないが、それをはっきりと書き記し、自覚を強くしたところが肝要だ。神を思うところも重要ポイントだろう。このビヘイビアこそが〝God helps those who help themselves〟（神はみずから助くる者を助く）であり、この本が愛読された理由でもある。

まったくの話、心で思うだけではなく、明確に書き記し、しばしば読み返すことも、多くの場合効果的であるらしい。

井上ひさしの文章作法

〝むずかしいことをやさしく〟――これはユニークな小説家として、また優れた劇作家として、さらにまた平和と庶民を愛した作家として多くの人に敬愛された井上ひさし（一九三四～二〇一〇）の文章作法であり、座右の銘と言ってもよい文言である。正しくは、

〝むずかしいことをやさしく、やさしいことをふかく、ふかいことをゆかいに、ゆかいなことをまじめに、かくこと〟

である。

すべて平仮名で綴ってあるのは意図的であろうが、あえて漢字を交えて示せば、〝難しいことを易しく、易しいことを深く、深いことを愉快に、愉快なことを真面目に書くこと〟だろうか。目で見るぶんには、むしろ漢字交じりのほうがわかりやすいときがあ

る。故人は、そんなこと充分に承知のうえで、あえて子どもにもわかるように、耳で聞くことを第一に考えて（そのほかの思案もあってか）総平仮名を選んだにちがいない。が、それはともかく、この言葉自体がとてもやさしい。平易である。文章を書くことは、多くの人にとってむつかしい。そのむつかしいことをどうしたらやさしくおこなうことができるか、この言葉自体がやさしく解明している。

ともすれば、むつかしいことを書くのがりっぱに見えたりする。学者の文章など（もちろん人によりけりだが）ひたすらむつかしく、

――こんなにむつかしいことを考えているのか――

と恐れ入ってしまうことがあるけれど、なーに、その実、こけおどしのケースもめずらしくない。

井上ひさしは、この座右の銘の冒頭でそれを戒め、しかし、やさしいからといって深さを忘れてはいけない、と次に示唆する。そして、それを愉快に、おもしろくやってくれるほうが、読み手はうれしい。楽しめる。とはいえ、おもしろさは受け狙いに陥ってはいけない、まじめに、真剣に挑まなければなるまい。

文章を書く者にとって、これほどみごとな教訓はほかにない。個人の座右の銘に留まらず万人への金言であり、全体に〝やさしさ〟がみなぎっているところがすごい。

余談ながら井上ひさしの死は東日本大震災の前年である。東北を愛し、庶民の生活に目を配り続けた、東北出身のこの作家が、あの惨事になにを思い、なにを訴え、どう憤ったか、さぞかしやさしく深く綴ってくれただろうに……と無念である。

いよゝ華やぐ命なりけり

岡本かの子の歌に、

〝年々《としどし》にわが悲しみは深くして
　いよゝ華やぐ命なりけり〟

がある。岡本かの子と言えば、画家・岡本太郎の母であり、小説家として非凡な才能を示しながら四十九歳で早世した佳人である。

この歌は彼女の代表作の一つ〈老妓抄《ろうぎしょう》〉の中にヒロインの歌として綴られているもの。老いてもなお華麗に、強靭に生きようとする女の思いを訴えて間然するところがない。

作品を離れても妖しく、趣《おもむき》の深い歌だ。

あわてて読むと、上の句と下の句と少し矛盾しているように思える。齢老いて年ごとに悲しみがどんどん深くなる、なのに命のほうはいよいよ華やぐ、というのだから……。

しかし、この微妙なくいちがいこそがこの歌の身上だろう。一人の女性の実感を通して表明される人生の妖しさだろう。私はそう思う。

確かに六十歳、七十歳、八十歳……年を重ねるにつれ、

——生きるって悲しいなあ——

悲しみは深くなる。そんな気がする。

しかし、人によっては心身の奥底に潜む生命力、生きる執念のようなものが、年を取るにつれ、

——あ、ますます華やいでいる——

と実感することもあるらしい。

まったくの話、できれば、そうありたい。浮世の悲しみなんて、これだけ生きてしまえば、

——もう慣れっこ——

悲しみは悲しみとして、さながら最後に赤く燃える火のように、めいっぱい生命を謳歌して華やぐことができれば最高ではないか。これとは逆に、あっちが痛い、こっちが病気、あいつが気に入らん、世間がひどい、つらいことばかり考えてヘナヘナヘナ、年とともにすっかりショボくれてしまう人が、けっして少なくない。

いや、いや、われとわが身を省みて、

——おれ、もう駄目かな——

と思うことの多い今日このごろだが、もう一息見栄を張って、

「いよゝ華やぐ命なりけり」

と叫びたいですね。

カエルかイナゴか

「さよなら三角、また来て四角、四角は豆腐、豆腐は白い、白いはウサギ、ウサギは跳《は》ねる、跳ねるはノミ、ノミは光る、光るは親父の禿《は》げ頭」

子どものころ、はしゃいで楽しんだものだった。言葉遊びの一種だろう。部分的には……つまりそれぞれの記憶に多少の差異はあるけれど、おおよそはこんなところ、たいていの人が、

「あ、それ知っている」

あえて言えば、全国区的な言葉遊びと言ってよいだろう。

「ミッちゃん、みちみち……」

ちょっと下品な言葉遊びもあって（言葉遊びに下品はつきものなので、許せ、許せ）これも全国区らしく、全国の〝ミッちゃん〟は一度や二度、あるいは何度もからかわれているだろう。

こんなことを述べたのは、言葉遊びには微妙な地域性があって、全国区もあれば、ほんの限られたところ、限られた時期にだけ言われるケースも多い。

「そうか、越谷《こしがや》、千住《せんじゅ》の先よ」

これは〝そうか〟と草加という地名をかけて、あいづちを打つときに用いるのだが、

落語や講談などに登場して、意味は全国的に理解されているかもしれないが、三つ並んだ地名から考えて江戸・東京、関東周辺のものと見てよいだろう。つまり地方区ですね。

そう言えば、とてもヘンテコな言葉遊びがあって……ノサ言葉。

「きノサのう、わノサたし、ひノサとりで、がノサっこうへ、行ノサったのよ」

これは「きのう、わたし、ひとりで、学校へ、行ったのよ」であり、なぜか文節の一字目の次に〝ノサ〟を入れて話すのである。

だれが、なぜ、こんなことを考えたのかわからない（調査があるなら教えていただきたい）。私の体験を述べれば、私が小学生のころ、つまり昭和十六～十八年ごろ、東京の杉並区あたりで広くはやっていた。これが話せないと仲間はずれにされかねない言葉遊びで、なぜか慣れるとさほどむつかしくもなく、スラスラと言えてしまう。しかし、このノサ言葉を今日、知る人は少ない。大勢の集まるところで触れると、

「あ、知ってる。懐かしいわ」

一人、二人いて、わけもなくホッとしたりする。あなたはご存じだろうか。

言葉遊びの地域性について私のユニークな学説（？）を一つ記せば、

「見上げたもんだよ、屋根屋のふんどし、たいしたもんだよ、イナゴの小便」

映画〈男はつらいよ〉シリーズでおなじみの柴又《しばまた》の寅さんも言っている。感心したときに……いや、いや、感心すべき情況なのにすなおに感心するのがくやしくて与太《よた》を吐いているのだが、最後の一句にバリエーションがあって、イナゴではなくカエル、このほうが広く言われているかもしれない。

それはともかく、この言葉遊びの意味はどうだろう。屋根屋さんは高いところで仕事をしているから、そのふんどしは見上げることになるだろう。これは、わかる。しかし、次の一句はどういう意味なのか。

これは〝たいしたもんだよ〟はイとエの言いちがえで〝たえしたもんだよ〟。わかりやすく書けば〝田へしたもんだよ〟、すなわち〝その小便は田んぼへしたものだ〟の意味。

となると（ここからが私の珍学説のポイントである）小便をもっぱら田んぼにするのはイナゴであり、カエルは田んぼだけとは限るまい。よってもって、これはイナゴが正しく、しかもイとエのまちがいは米どころ越後《えちご》などに多いもの。米どころならイナゴにふさわしく、この言葉遊びは、越後が原点ではあるまいか、と地方性を訴える次第である。

急に悪人に変るんです

夏目漱石が日本を代表する作家であり、小説〈こゝろ〉がその代表作であることは多くの人が首肯するところだろう。これを生涯の愛読書とする人もいる。この文言は、その中にあって、小説の中核をなす台詞と考えてもよいものだ。前後を含めて正しく引用して示せば、

〝悪い人間という一種の人間が世の中にあると君は思っているんですか。そんな鋳型に入れたような悪人は世の中にある筈がありませんよ。平生はみんな善人なんです。少なくともみんな普通の人間なんです。それが、いざという間際に、急に悪人に変るんだから恐ろしいのです。だから油断が出来ないんです〟

日常茶飯にも役立つ教訓ではあるまいか。

そういえば、子どものころ親に連れられて映画を見に行くと、スクリーンに登場する

人物を見て、

「この人、いいもん？」

こっそりと尋ねたものだった。チャンバラ映画などでは、いい者とわるい者とがたいていはっきりと分かれている。それを知っていないと安心して鑑賞ができなかった。そのまま大人になり、映画館の外でも……つまり日々の生活においても、どこかにこの意識が残っている。私だけではあるまい。

――この人はよい人。あの人はわるい人――

と決めつけてしまう。

いや、いや、正確には夏目漱石がほのめかしているように、ほとんどがよい人なのである。わるい人なんか滅多にいない。少なくとも自分の周辺にはいないと考えている。だから怖いのだ。普段はみんなよい人なのだ。それが、あるとき急にわるい人になる。そういうケースがけっしてまれではない。

〈こゝろ〉は〝先生〟と呼ばれる主人公の周辺でそんな出来事があり、それを憎んだ先生が計らずも自分自身似たような過ちを犯し、それを通して人間の論理を問いかけている。

名作にはちがいないけれど、昨今は、

「〈こゝろ〉って女性蔑視小説よね」

という意見もあり、うーん、言えますね。確かに。〝先生〟は自分の妻をいたわり、彼女も関わっていた恐ろしい過去を彼女には知らせず、隠し続けて死んでしまうのだが、これって煎じつめれば、

――女は頼りにならんから大切なことは言わずにおこう――

という思想。昔はともかく現代ではけちをつけられてもしかたない。二人でしっかり話し合えば、悲劇は避けられたかもしれない。

大乗と小乗

仏教に大乗と小乗と、二つの流れがあることは、お聞きになったことがあるだろう。

BC一世紀ごろ、それまでの仏教に対して改革派が、

――俺たちは大乗大きな乗物だ。お前たちは小乗つまり小さな乗物だ――

と告げて、広く大衆の救済を志したことに由来する。当然のことながら、これは大乗の人たちの主張であり、旧守派のほうがみずからを小乗、つまり小さな乗物と規定するはずもない。一方的な命名であった。それぞれの教義を理解するのはむつかしいが、日本の仏教は、その伝来の歴史から見て、すべて大乗に属している。

しかし、伝来のルートややこしい教義はべつにして、大乗的、小乗的という言葉は知っておいてもよいだろう。言葉を知ることは、判断の基準をえることにも通じているからだ。

平たく言えば、大乗は人々の救済を第一義とする。小乗はみずからの解脱を目的とする。つまり、仏教によって、なにをどうしようというのか、教えを広めて多くの人をしあわせにしよう、という方向と、

――まず、なにより自分がりっぱにならなくてはいかん――

という方向、この二つである。

なるほど。どちらのタイプも見かけますよね。宮沢賢治（一八九六〜一九三三）は父が熱心に日蓮宗を唱えて祈るわりには大衆の救済を気にかけないことに不満を持ち、自

分は民衆に目を向けたとか。小乗的と大乗的のちがい、と見てよいだろう。

仏教のことだけではない。私たちの日常も自分を見つめること、自分をより高めること、その努力も大切だが、同時にそれをどう周囲のものへの配慮へ役立たせるか、とりわけ恵まれない人々への救済を考えるか、これも肝要だ。自分一人が人間的に充実することと、それを他者へ広く及ぼすこと……自分がりっぱでなくて他人を感化することはむつかしいが、自分一人がりっぱになるだけでは社会への貢献は乏しい。相互にからみあっているけれど、その案配をどう心がけたらよいのだろうか。

話は少し飛躍するけれど、医学には基礎医学と臨床医学があるらしい。平たく言えば、基礎医学は人体とはいかなるものか、その仕組みや機能を研究する立場だ。臨床医学はそれをわきまえて病気を予防し治す立場だ。基礎がしっかりしていなければ臨床はおぼつかない。しかし基礎ばかりでは医学は本来の目的を逸しかねない。一人の学徒がどちらを選ぶか、小乗と大乗に少し似ている。

いや、あんまり似ていないか。

私には兄弟が一人います

だれか有名な人が言った文言ではない。私が中学生のとき英語の教師から教えられたことである。

すぐにはわからなかった。が、後年ここに思いのほか深い事情がからんでいることを知った。

〝I have a brother.〟という英文を与えられ、これを「私には兄弟が一人います」と訳したら、

「学校の試験なら◯印だろうけど、実際には×だね」

「はい？」

「日本語ではそう言わないから」

「はい？」

「日本人は〝私には兄が一人います〟か、あるいは〝私には弟が一人います〟のどっちかだ。兄弟というのは男性二人の関係を表していて、一人一人をさす言葉としては使わないんだよ、日本語では」

「はい?」

「ところが英語の brother は兄と弟、両方を含んでいるんだ」

「そうなんですか」

顕著に表れるのは文学作品の翻訳だろう。翻訳者は brother という単語を見て、兄か弟か、どちらかを決めて日本語に替えなければならない。兄弟と訳してはいけないのだ。つまり日本語と英語と、考え方や言い方が異なっているから、その点をきちんと留意しなければならない。もちろん sister も姉と妹と、ここにも同じ問題がからんでいる。

チェーホフ(一八六〇〜一九〇四)の名作〈三人姉妹〉では、オーリガ、マーシャ、イリーナの三姉妹の年齢は上から下へこの通りの順序である。が、ここにアンドレイという男が入り、これが年齢的にどこに位置するのかはっきりしない。女たちはみんなロシア語の brother に相当する言葉で彼を呼んでいるが、これは兄にもなるし、弟にもなる。芝居の台詞だから日本語に訳すときには、この差異により言葉使いも動作もみんなちがってくる。姉が弟に言っているのか、妹が兄に言っているのか、おおいに異なる。

兄弟姉妹だけではなく、日本語と外国語にはこういう微妙な差異があり、それは世界観や風俗とも深く関わっていることだろう。冒頭に掲げた一句は、そのことを示唆する一例である。

恋力

現代用語として老人力、鈍感力、悼む力など、いろんな力が造語されて言われているけれど、遠い時代に、

「えっ、恋力」

目を見張り笑ってしまった。出どころは日本でもっとも古い和歌集、〈万葉集〉の中だから千年ほど昔の用例である。わかりやすい言葉だが、私の読書の及ぶ範囲ではこれまでに他で目にすることがなかった。現代に、はやらせてもよさそうだ。詠み人は不明だが、巻十六・三八五八に歌があって、

〝このころの我《わ》が恋力《こひぢから》　記《しる》し集《つ》め　功《くう》に申さば　五位の冠《かがふり》〟

と訴えている。察するに、あまり偉い人ではなかったろう、今なら平凡なサラリーマン。そして、その意味は……最近、私が恋愛に費やした労力は大変なもので、それを記

し集め功績として申告したら、五位の冠に相当するだろう。立身出世疑いなし、である。

五位は充分に偉い。貴族の出でなければ簡単に与えられるポジションではなかった。会社の役員クラスと考えれば、当たらずとも遠からず、かな。多分この詠み人はまじめな役人で、仕事もきちんとするが、恋愛にも熱心で、しかし、もてるタイプではない。努力をしても、はかばかしい結果に至らず。

――こんなに頑張っているのに、駄目なのかよ。職場で勤務評定してもらったら部長くらい確実だよなぁ――

少なくとも出世もままならず自嘲気味だが、暗くはない。明るいユーモアが感じられて、よろしい。

「でも、この人、もてたいの？　それとも出世したいの？」

「うーん、どっちかな」

歌の調子は、出世を願っているようだが……あなたはどちらを願いますか？

はるかに照らせ山の端の月

山里の秋であろうか。ようやく月が山の端《は》にのぼり始めたようだ。だれの心にもたやすく思い浮かぶ風景だろう。

そして……これは平安中期の歌人・和泉式部の名歌である。すなわち、

〝暗きより暗き道にぞ入りぬべき
　はるかに照らせ山の端の月〟

の下の句である。

わびしい秋の宵。心が晴れていれば、なんの問題もない。明日もきっと快い一日となるだろう。しかし、この人生、いつも明るいときばかりではあるまい。悩みを抱えるとき、心の暗愁が晴れないとき、

――明日もつらいな――

希望の揺らぐときには、この歌を呟いてみようか。

暗いところから暗い道へと入り込むような毎日なのである。ここにある〝べき〟は、むかし懐かしい国文法で説けば〝当然〟を表す助動詞。和泉式部の若いころの歌らしいが、暗いところからさらに暗い道へ入り込むのが当然の人生と詠んでいるのだ。若い日

のペシミズムともとれるが、

——平安時代の女性は悲しかったよな——

〈源氏物語〉などを見てもトータルとして女性の運命は暗く、悲しい。いや、男性だって諸行無常、悲しいと言えば、生きとし生けるもの、みんな悲しいのだ。

だが、そこにこそ、それを救うサムシングが必要だろう。それがなくてはやりきれない。和泉式部は仏縁を結ぶためにこの歌を詠んだらしいが、現代ではもっと多様に考えてもよいだろう。この歌は謙虚に願っているところが快い。

落ち込んだときは、ふるさとを訪ねよう。懐かしい山すそに立って月を待とう。やがて、遠い、かすかな光が、かすかではあるけれど、優しく照らし、

「まあ、頑張りなさいよ。少しは明るいこともあるから」

希望のありかをほのめかしてくれるだろう。

なにごとも学ばず、なにごとも忘れず

フランスの政治家タレーラン（一七五四〜一八三八）の言葉である。生没年を見れば

明らかなように、その生涯はフランス革命をまたにかけている。混乱の時代を巧みに生きて毀誉褒貶《きよほうへん》のすこぶる大きい人物だ。革命前は司教として体制を守り、革命が起きるやそれを支持する三部会の議長を務めるほどの有力者、しかし雲行きがわるくなると海外へ亡命し、ナポレオンの登場とともに帰国して外務大臣に就き重臣としてナポレオンの皇帝即位に尽力、次には反ナポレオンの首謀者となり、ナポレオンが敗れたあとはウィーン会議で列強を巧みに操り敗戦国フランスの利益を守った。わかりやすく日本に換えて説明すれば、先の大戦前の軍国主義の時代も、敗戦濃厚な時代も、その後の民主主義の時代も、みんな要職にあったような人物、弁舌さわやかで警句のたぐいにも、

――うまいね――

人柄とはべつに拍手を送りたくなるものがたくさんある。

〝なにごとも学ばず、なにごとも忘れず〟は革命のとき国外に亡命し情況が復古すると帰ってきた貴族たち有力者を評して言ったもの。歴史的な大々事件が起きたにもかかわらず、そして充分にその渦中にあって苦労も味わったはずなのに、なに一つ学ばず、以前の制度、考え、習慣を忘れようとしない人たち、それを揶揄《やゆ》し、あきれはてているの

だ。いるんですね、いつの時代にもこういう人たちが……。

話は変わるが、自然科学の実験は同じことをくり返すことができる。しかし社会現象は似たようなケースはあっても同じではない。同じことは起きない。歴史は似たようなくり返しを示しても厳密な意味で同じことをくり返すわけにはいかないのだ。そうであればこそ歴史の中に類似のケースを見出し、どこが同じで、どこが異なるのか、これをしっかりと見極めなければなるまい。この判断が肝要だ。

歴史をながめて〝なにごとも学ばず、なにごとも忘れず〟は論外だろうが、まちがった学習に固執したり、自己流に解釈したり、これも困る。

「こいつァ春から縁起がいいわえ」

初春の歌舞伎である。演目は「三人吉三廓初買《さんにんきちさくるわのはつがい》」、お嬢吉三が呟いている。

〝月もおぼろに白魚の、かがりもかすむ春の空、つめてえ風もほろ酔いに、心持ちよくうかうかと、浮かれ烏のただ一羽、ねぐらへ帰る川端で、棹のしずくか濡れ手で粟、思いがけなく手に入《い》る百両、ほんに今夜は節分か、西の海より川の中、落ちた夜鷹は厄落と、豆沢山に一文の、銭とちがって金包み、こいつァ春から縁起がいいわえ〟

お嬢吉三は美しい娘のように装っているが実は強盗、この宵も女を川に落として奪った金が百両と、大喜びをしているところである。

百両はどのくらいの価値か。換算のむつかしいところだが、職人が一カ月働いて一両くらいを相場として、現代のサラリーマンなら月給は五十万円くらい……、百両は五千万円となる。いきなり五千万円を手にしたら欣喜雀躍《きんきじやくやく》は当然のこと、まことに縁起がよろしいけれど、そこはそれ大金はよいことばかりとはならない。この百両が引き金となって、いくつかの殺人があり、不幸があり、ドラマはにぎにぎしい。歌舞伎は人生についての教訓も含んでいるが、とんでもない事件や理不尽なめぐりあわせも多々あって、その奇想天外が善悪を超えて庶民を楽しませてくれたのであろう。悪人たちの活躍に目を見張ったあと、

――この世はいいことばかりじゃないよなあ――

と、これも庶民の知恵である。

まったくの話、私たちも「こいつァ春から縁起がいいわえ」と叫んでみたいけれど、

絶好調のときにはなぜか不幸も忍び寄ってくるものだとか。〝吉凶はあざなえる縄のごとし〟という言葉もある。調子のいいときこそ心身を引きしめなければならない。

とはいえ地球温暖化やテロ事件、難民や格差社会、縁起のわるいことばかりが気がかりで……。だが逆もまた真なり、明日はきっとよいことがあると信じましょうか。

夏の夜の夢

ご存じシェイクスピアの喜劇の一つである。ある貴族の結婚祝いのために書かれたもの、と言われているが、本当のところはよくわからない。短い芝居だが、貴族と職人と妖精とが結婚をめぐり色恋をめぐりドタバタ、ドタバタ、筋をひとくちで説くのはむつかしいが、ところどころにおもしろいやりとりがあり、そこそこの人気を集めている作品と言ってよいだろう。結婚も恋も夢のようなもの、であり、〝恋と道理はけっして同じ道を行くものではない〟という劇中の台詞が、このドラマの主題と見るべきだろう。

タイトルは〈真夏の夜の夢〉と訳されることもあり、原題は〝A Midsummer Night's Dream〟だから、〈夏の夜の夢〉のほうがより正しいが、いずれにせよ〝夏〟に風俗を超えた絶対的な意味がこめられているとは思えない。どの季節の夢だって不確かで、信じてよいのかいけないのか計りにくいものだが、やっぱり、これは冬よりも、いや、春よりも秋よりも夏がふさわしいような気がする。夏の夜は短いし、暑くて頭もぼけ気味で、妄想に適している。「この芝居がつまらなかったら、しばし皆様がまどろんでいたのだと思ってください」という幕切れの台詞は、夏の夜の短い夢につきづきしい。

日本の古典に目を移すと、

〝夏の夜はまだ宵ながら明けぬるを
　雲のいづこに月やどるらむ〟

小倉百人一首にある清原深養父《きよはらのふかやぶ》の歌が思い浮かぶ。夏の夜は短くて、月はどこへ隠れたやらしみじみとながめる間もなく、宵のうちに朝が来てしまった、という意味だろう。宵というのは日没から夜半までであり、この時間帯に朝が来るのはヘンテコだが、

——宵だと思ったら、もう朝だ——

そのくらい短く感じたのだ。もちろん女性のもとを訪ねていたからであり、恋のうつつかまぼろしか、道理とは同じ道を行くわけにいかなかったのかもしれない。夏の夜の

夢は甘いのか、しょっぱいのか……。ほどほどに享受してください。

よい友、わるい友

〈徒然草《つれづれぐさ》〉なんて高校生のころには、

――なんだか爺くさいことばかり言って、好かんなあ――

と思っていたが、年を取ってかいま見ると、

――ああ、そうか、なるほどね――

そう感ずることが多い。第百十七段に、

〝友とするにわろき者、七つあり〟と言い、身分の高い人、若い人、体の丈夫な人、酒の好きな人、猛々しい武人、嘘つき、欲の深い人を挙げている。

なぜこれが友人としてわるいのか、おおむね見当がつくけれど、

――体の丈夫な人は、よくないのかな――

と少時、首を傾《かし》げてしまう。友ではないが配偶者など、健康な奥さんは頼りがいがあるし〝亭主は丈夫で、留守がいい〟という名言もある。

「でも丈夫な人って、弱い人に同情がないわ」

「それはあるな」

自分が病気をしないから、まわりの人に対して、

「風邪くらい、どうってこと、ないだろ」

冷たいのである。配慮が薄いのである。

この百十七段には
〝よき友三つあり〟

と逆の例も挙げていて、物をくれる人、医者、知恵ある人、である。

私見を述べれば、物をくれる人は一見よろしいけれど、裏のあるケースも多いから単純には喜べない。ことさらに物をくれたがる人は、おおいに警戒したほうがよい。よい友であるよりわるい友であるケースも多い。

知恵ある人は、もちろん友人としてはすばらしいけれど、だれが本当によい知恵の持ち主か、見あやまるケースも多い。ここがむつかしい。

なんといっても医者はよい友だ。病名がはっきりわかれば大病院が頼りになるが、そ

の前段階、日常生活の懸念など、

「このごろ腰が妙に痛むんだ。大丈夫かな」

気軽によいサジェスチョンを示してくれる人は大切だ。年を取ると、ことさらにそうだ。だれかいい人、いませんか。

マージナリア

エドガー・アラン・ポー（一八〇九～四九）の全集の目次を見ていると末尾のあたりに〝マージナリア〟がある。百ページほどの短文集で、MARGINALIAは、本の欄外への書き込みのこと、つまり本のページの余白にあれこれと書き込んだものの意であり、ポーが読書をしながら、

——うん、なるほど、その通り——

と書いたり、あるいは、

——ちがうだろ。私の考えは、フランス文学のほうが上だと思う——

意見を書いている姿を想像してもらえば遠からず。そうやって綴ったものを短文集と

してまとめたものである。実際には本の余白に書いたものとしては長過ぎて〝余白には無理だなあ〟と感ずるものがほとんどだが、それはポーも〝べつの紙に書いて挟み込んだり貼りつけたりした〟と記している。

むしろポイントは、この読書法だ。本を読みながら著者の考えを熟慮し（一方通行ではあるけれど）会話をしている、ということだ。

——これぞあらまほしい読書の姿——

と私は思う。小説などただ気楽に読むのもわるくはないが、本気で著者と語りあうことこそ読書の本道ではあるまいか。この方法で骨のある一冊を読み終えたときの充実感は半端ではあるまい。絶対に大きなプラスがある。

昨今は読書する人が少なくなり、紙の本を手にする人がめっきり少数になっているが、マージナリアはやっぱり紙の本にこそふさわしい。紙の本でなければやりにくい。

実例をポーの〝マージナリア〟から引いて紹介すれば、

〝匂いは私たちに特別な連想を抱かせる。それは、触る、味わう、見る、聞く、とは根本的にちがう作用なのだ〟

　どういう本文に対して書かれたものかわからないが、確かに匂いは忘れていた過去などを突然、強烈に思い出させてくれるようだ。

汗、チョコレート、海……その匂いから始まる小説を私も一つ、二つ、読んだ記憶がある。余白にそれを綴れば読書はもっと楽しくなる。

オルタナティブ

　アメリカ大統領ドナルド・トランプの周辺で〝オルタナティブ・ファクト〟(alternative facts) などという言葉が発表されたものだから、にわかに〝オルタナティブ〟が使われるようになった。

　辞書を引けば〝オルタナティブ〟は〝二者択一の、もう一つの〟であり〝ファクト〟は事実、まとめて〝もう一つの事実〟くらいの意味となる。事実は、普通一つのような気もするが、もう一つの、べつな事実もあるらしく、現地のジャーナリストが、

「それは〝事実《ファクト》〟ではなく〝嘘〟でしょう」

と揶揄していたのも頷《うなず》ける。

話は変わるが、〝オルタナティブ〟は、小説には、ときどき一手法として用いられている。とりわけ目立つのは、作品の結末、たとえば、〝恨んでいたから殺したのか〟、〝愛していたから殺したのか〟、とても大切なことなのに、あえて作者はこれを明確にしないケースがある。そのこころは〝ずーっと書いてきましたからあとは読者諸賢が判断してください〟と余韻を持たせるわけである。小説はもともとフィクションを綴るものであり、必ずしも事実だけを語るものではないから、こんな手法もおおいに許されるだろう。

しかし、歴史はどうか。歴史は基本的には事実を伝えるものである。だが、過去の事実をたどるのは本当にむつかしい。いや、現代の事実だって、なにが事実なのか、これを伝えるのは、限りなく困難と言ってもよい。

なにを事実ととらえるか。そこに伝える人の選択があり、主観が入り、発表の方法により伝えられるものも異なってしまう。たとえファクトは一つであっても、とらえ方は多種なのだ。ここに〝オルタナティブ・ファクト〟などという言葉が生ずる理由もあるのだろうが、心得るべきことは、やはりファクトは一つ、ただしそれをどうとらえ、どう伝えるか、これはまったく異なる、ということだろう。

ファクトの奥にトルース（真実）がある、という考え方もあるようだ。たとえば宗教など、とても信じられない奇跡を伝え、ファクトではないように思えるが、そこにこそこの世界のトルースがある、とややこしい。

プチット・マドレーヌ

プチット・マドレーヌ、小さなパンケーキのような上品な菓子である。その一きれを紅茶に浸す。ほのかな芳香が匂い立つ。

それだけのことなのだが、世界的な文豪マルセル・プルースト（一八七一～一九二二）が、この匂いを嗅ぎ……ノン、ノン、正確にはこの匂いを嗅いだのがもとで大作〈失われた時を求めて〉が誕生し、世界的文豪となったのだ。

プルーストは若いころから喘息に悩まされ、晩年はコルク部屋に籠って思い出を脳裏に集め、それをひたすら綴った。

プルーストによれば、意識的な記憶、言い替えれば知性の記憶は消滅した過去の断片であり、無意識的な記憶こそが人間の本質に関わるもの、なのだ。パリで紅茶に浸したプチット・マドレーヌを食べたとき、その味、その匂いに、そこから幼いころに過ごした村の記憶が感性として蘇って来た。それが尊い。プルーストは書いている。

〝私は身ぶるいした、私のなかに起こっている異常なことに気がついて。すばらしい快感が私を襲ったのであった、孤立した、原因のわからない快感である。その快感は、たちまち私に人生の転変を無縁のものにし、人生の災厄を無害だと思わせ、人生の短さを錯覚だと感じさせたのであった〟(井上究一郎・訳)なのである。ここから膨大な小説が成ったと言われると、やっぱり知性の記憶もおおいに加わったんじゃないか、と、そんな指摘がしたくもなるけれど、文学論はともかく私たちの日常でも嗅覚や味覚などちょっと頼りないものが、遠い過去を鮮明に蘇らせてくれることがないでもない。そんなことが実際にあって、本当に、

——これ、懐かしい——

もう一度、当時を生き直すような感覚を抱いたりする。

過日、私は九重を食した。仁丹より少し大きい甘い粒に、上品な果実のような味と匂

いが込めてある。これを大さじ一ぱいくらいお湯に溶かして飲む。三十年ぶり、五十年ぶり……。幼い日が少し蘇った。仙台あたりの銘菓らしい。夏はものみな匂い立つ季節、懐かしい匂いが飛んでくるかもしれない。

真理がわれらを自由にする

美しい言葉だ。意味も深い。

だれもが自由を求めている。その自由は真理が与えてくれる、というのだ。あるいは真理を求めることが私たちに自由をもたらしてくれる、ということかもしれない。よくわからないけれど、とにかく、

——そうかな——

と思わせてくれるところがある。

この言葉が多少なりとも巷間《こうかん》に知られているのは、これが日本の知性の施設、敗戦後に設立された国立国会図書館の理念であり、国立国会図書館法の前文に記載され、また同館のホールの壁に大きく刻まれているからだろう。

さらに言えば、敗戦後の日本によき民主主義国家を創ろうという意図が（占領政策の中にも）あって、それがこのすてきな言葉を掲げさせた、という事情がある。確かに知識の国民的共有、そして情報の公開こそが民主主義の基本であり、国立の大図書館がこの役目の一端を担うことは肝要である。それによって得られる真理がわれらを自由にしてくれる、とは一応は頷《うなず》いてよいだろう。

この言葉の由来は新約聖書（ヨハネ伝8－32）で、そこでは〝真理があなたたちを自由にする〟であった。〝あなたたち〟が〝われら〟に変わった事情は、ここでは措《お》くとして、そもそもはイエス・キリストが、周辺のユダヤ人に言っているのだ。ユダヤ教を信ずる人たちは開闢《かいびゃく》以来自分たちは奴隷に陥ったことがない、自由の民だと思っているのに対し、イエスが由来する神（つまりキリスト教）こそが真理であり、それを信ずることが真の自由である、と説得しているのである。

言わば、ユダヤ教から生まれたキリスト教こそが、みんなを自由にする本筋だ、という主張であり、分家が本家に対してみずからのすばらしさを言い、正統性を力説しているようなもの。

真理が私たちを自由にしてくれるのは本当かもしれないが、それがどの真理か、どうもバラバラらしい。ゆえに図書館でいろいろ調べる、というのは少しレベルの低い思案ですね。

しづ心なく

私の誤解である。

しかし、私と同じように、わけもなく誤読している人も多いのではあるまいか。ことは小倉百人一首、これを嗜《たしな》む風俗もめっきり減ってしまったが、この歌カルタでひときわ有名な一首、

〝ひさかたの光のどけき春の日に
　しづ心なく花の散るらむ〟

うららかな春の陽の中、桜の花びらがホロホロと静かに散っている、と、そんな穏やかな風景を思い浮かべてしまうが、少しちがっているらしい。

いや、いや、その通り静かに散っているのだろうが〝しづ心なく〟は穏やかではなく、

騒がしいのである。あまりにも美しい風情に、見ている自分の心が
――どうしてこんなに美しいんだ。どうしてあわただしく散ってしまうんだ――
と穏やかでいられないのである。私はと言えばひたすら静かな風景を思い浮かべてしまい〝しづ心なく〟を誤解し、歌の深さに気づかずにいたのである。

これは紀友則《きのとものり》（九〇五年ごろ没）の歌だが、在原業平《ありわらのなりひら》（八二五〜八八〇）には、

〝世の中にたえて桜のなかりせば
　春の心はのどけからまし〟

つまり桜がなかったなら、春の心はさぞやのどかだろうに、と嘆いているのである。桜がいやなのではなく、好きで好きでたまらないから、春の心が騒いで騒いでとても静かにしていられない。これが〝しづ心なく〟、すなわち静かな心のない状態らしい。

わかりますね。本当に好きならばこういう心境も充分にありうるだろう。春を迎える今日このごろ、これを理解し、思いをいにしえに馳せながら、

世の中にたえてゴルフのなかりせば
休日《やすみ》の心はのどけからまし

もあるだろうし、えっ、えっ、恋がなかりせば……なんてあるんですね。この心境も。

カ・キ・ツ・バ・タ

カキツバタ、ハナショウブ、アヤメ、区別がむつかしい。昔、教えてもらったけれど、忘れてしまった。自信が持てない。花の名前は、覚えるといとおしさが増すのだが、この三つは苦しい。

が、今日の話題はそれではない。和歌であり、言葉遊びであり、そして旅である。ご承知のむきも多いだろう。〈伊勢物語〉の東下りの一節。三河の国の八橋《やつはし》に来てカキツバタの咲いているのを見て「カキツバタの五文字を句の頭にすえて旅の心をよめ」と言われ、この古典の主人公（と目される）在原業平が詠んだとか。

〝からころも　きつつなれにし　つましあれば
　はるばるきぬる　たびをしぞ思ふ〟

折句《おりく》と呼ばれる言葉遊びの一つ。一句一句の頭をつなげると、べつな意味が現れる、という趣向だ。歌全体の意味は、慣れ親しんだ様子の妻が（京に）いるので、はるばるやって来た旅をもの悲しく思ってしまうよ、である。〈伊勢物語〉はフィクションだが、在原業平は、私的な事情があって京にいづらく、東国へ下ったさすらいの旅人であった。楽しい旅というより、人生の哀感の漂う歌であり、言葉遊びとしてもカキツバタが浮かびあがって美しい。

楽しい旅が望ましいけれど、住み慣れた土地を離れ、知らない風土や人情に触れ、人生のくさぐさに思いを馳せる旅もわるくない。失意のときなどは旅に出て、新しい考えや決心を抱き、みずからを慰めることも多い。

日本の文学史には、この業平から始まって西行、そして芭蕉の三大旅人がいる。旅を通して人生を語り伝えた賢人たちだ。

業平の歌をもう一つあげれば、

〝名にしおはば　いざこと問はむ　みやこどり
　わが思ふ人は　ありやなしやと〟

東国の旅で都鳥（ユリカモメ）を見て、都鳥よ、そういう名前を持っているならば、都に残してきた私の思う女《ひと》は元気かどうか教えておくれ、である。

これも旅の歌として趣きが深い。

半夏生

わけもなく気がかりな言葉がある。私にとって半夏生がその一つであった。初めて文字を見たのは中学生くらい……。なぜ気がかりだったのか、それもはっきりしない。

――なんだ、これは――

辞書を引いて調べたのは、多分、大人になってからのこと、これもはっきりしない。しばらくは疑問を抱きながら、きちんと答をえていなかった。今は、まあ、おおよそのところは理解している。

まずは季節のほう。夏至から数えて十一日目、今年（二〇一八年）は夏至が六月二十一日、よってもって半夏生は七月二日、手もとの手帳にも壁のカレンダーにも、よく見ると、ちゃんと記してあった。

半夏生に降る雨は毒気を含んでいて、生野菜など食べないほうがいいのかもしれない。とりわけ竹の子はよくない。これにも竹やぶで、この日、死んだ人がいたとか、伝説があるらしいが、あまりおもしろくはない。

植物としては、私の祖母が、

「ドクダミのことだよ」

と教えてくれたが、これは正解ではない。座右にある〈原色牧野植物大図鑑〉（牧野富太郎博士の由緒ある名著であり、この方面の第一級の資料のはず）によれば、なんと、第一ページにハンゲショウもドクダミも載っていて、種類は近いらしいが、別物のようだ。ハンゲショウは水辺に生きる多年草、ドクダミは山野の木陰に生える多年草、昔の家ではトイレの窓の下などによく繁っていた。葉っぱは腫物の上に貼るとよかったのではないか。

そう言えば、ハンゲショウという発音を聞いて、

――半化粧かな――

と思ったことがあった。半分だけ化粧をしている……。

――お化けとちがうか――

しかし葉っぱの半分が白く（ほかは緑）それゆえに半分の化粧、これは嘘ではない

らしい。とにかく夏のなかば、夏の半分には……夏が来れば思い出す、なのだ。

短いエピローグ

猿は笑う、と言う。

馬も笑う、と聞く。

そんなこともあるのかもしれないとは思うけれど、その笑いはホモサピエンスの笑いとは相当に異なっているだろう。

私たちの笑いは、かなり複雑な心理を反映している。とても一様に語れるものではない。語れば語るほどややこしくなる。フランスの哲学者ベルクソン（一八五九〜一九四一）の〈笑い〉は、この方面の代表的な名著とされているが、たやすく読める本ではない。笑いには人間的、知性的、社会的な特徴があることなどが記され、

――なるほど――

と思う反面、

――もっとほかの考え方もありそう――

と不足を漠然と感じてしまう。

そしてそんな笑いととても深い関わりを持つユーモア。これがまた厄介なしろものだ。こちらも語れば語るほどややこしくなる。

しかし、この世に生きていくうえで、やっぱり
――ユーモアがあったほうがいいな――

これも漠然と実感できることだ。

ユーモアってなんなのか。ユーモアはどこにいるのか。

思案の方法には演繹《えんえき》と帰納《きのう》とがあって、大ざっぱに言えば、演繹はそもそもの定義を先に置いて、そこから各々を導き出す方法であり、帰納はいろいろ例示して、そこから定義を探す方法だ。

ユーモアもいろいろなユーモアをさぐり、そこから私たちに役立つユーモアは、

――こんなところかな――

本書ではこの方法を、これも漠然と採用してみた。こころは
――ユーモアを語りながらユーモアがなくてはつまらない――

である。不十分な著作ではあるが、このあたりを大ざっぱに楽しんでいただければ、うれしい。

筆を走らせながら気づいたことだが、ユーモアは言葉との関わりが深い。笑いだって、

たとえば落語を聞いて笑うように、言葉を通して創られるケースも多いが、ユーモアはほとんどの場合、知的な言葉によって、表出されるのが本筋だ。だから、

——楽しい言葉を探そう——

これがユーモア作法であり、若い人より年齢を重ねた立場のほうが扱いやすく、向いている。理屈をもうこれ以上述べるのはやめよう。本書は書下ろし……つまり大部分、気の向くままあらたに綴ったものだが、最終章〈言葉の知恵〉は〈発見上手〉誌（三井住友トラスト・ウェルスパートナーズ刊）に連載したものに若干の手を加えユーモアの拠りどころとした。なべて執筆に協力くださったかたがたにあらためて御礼を申しあげたい。ありがとうございました。

著者略歴

阿刀田高《あとうだたかし》

一九三五年生まれ。東京都出身。早稲田大学第一文学部卒業。国立国会図書館に勤務しながら執筆活動を続け、七八年『冷蔵庫より愛をこめて』でデビュー。七九年『来訪者』で日本推理作家協会賞、短篇集『ナポレオン狂』で直木賞、九五年『新トロイア物語』で吉川英治文学賞を受賞。二〇一二年、山梨県立図書館館長就任。『旧約聖書を知っていますか』『妖しい関係』など著書多数。〇三年紫綬褒章、〇九年旭日中綬章受賞。一八年文化功労者に認定。

幻冬舎新書 531

老いてこそユーモア

二〇一九年一月三十日 第一刷発行
二〇二三年七月二十五日 第二刷発行

著者 阿刀田高

発行人 見城徹
編集人 志儀保博
発行所 株式会社 幻冬舎
〒一五一-〇〇五一 東京都渋谷区千駄ヶ谷四-九-七
電話 〇三-五四一一-六二一一(編集)
〇三-五四一一-六二二二(営業)
公式HP https://www.gentosha.co.jp/
ブックデザイン 鈴木成一デザイン室
印刷・製本所 中央精版印刷株式会社

Printed in Japan ISBN978-4-344-98532-2 C0295
あ-17-1

*この本に関するご意見・ご感想は、左記アンケートフォームからお寄せください。
https://www.gentosha.co.jp/e/

幻冬舎新書

曽野綾子
老いの僥倖《ぎょうこう》

年を取ることに喜びを感じる人は稀である。しかし「晩年にこそ、僥倖(思いがけない幸い)が詰まっている」と著者は言う。知らないともったいない、老年を充実させる秘訣が満載の一冊。

佐藤愛子
人間の煩悩

人はあらゆる煩悩にさいなまれるが、どうすればこれらの悩みから解放されうるのか？　波瀾万丈の日々を生きてきた著者が、九十二年の人生経験から、人間の本質を的確に突いた希望の書。

森村誠一
60歳で小説家になる。

60～70代での小説家デビューが急増中だ。社会人経験を武器に、60歳以降から小説家を目指す生き方を提案。自身もサラリーマン経験を持ち、多くのプロ作家を養成してきた著者が教える、理想のセカンドライフのための戦略とノウハウ。

白川道
大人のための嘘のたしなみ

仕事がうまくいかない、異性と上手につき合えない……すべては嘘が下手なせい！　波瀾万丈な半生の中で多種多様な嘘にまみれてきた著者が、嘘のつき方・つき合い方を指南する現代人必読の書。